Ramona empieza el curso

Beverly Cleary

Ramona
empieza
el curso

ILUSTRADO POR
Alan Tiegreen

TRADUCIDO POR **Gabriela Bustelo**

rayo
Una rama de HarperCollins*Publishers*

Rayo es una rama de HarperCollins Publishers.

Ramona empieza el curso

Texto: © 1981 por Beverly Cleary

Traducción: © 1997 por HarperCollins Publishers.

www.harpercollinschildrens.com

Library of Congress ha catalogado esta edición.

ISBN-10: 0-688-15487-5 — ISBN-13: 978-0-688-15487-5

La primera edición de este libro fue publicado por HarperCollins Publishers en 1997

12 13 CG/BR 20 19 18 17

Contenido

El primer día de escuela

Ramona tenía la esperanza de que sus padres se olvidaran de darle las recomendaciones de siempre. No quería que nada estropeara este día tan emocionante.

—Fastídiate; voy a ir a la escuela en autobús yo sola —alardeó ante su hermana Beatrice mientras desayunaban.

Notó un estremecimiento en el estómago al pensar en el día tan divertido que le esperaba, un día que iba a empezar montando en autobús el tiempo suficiente para sentirse lejos de casa pero no lo bastante para marearse. Ramona iba a ir en autobús porque durante el verano habían tenido lugar una serie de cambios en las escuelas de la zona de la ciudad donde vivían los Quimby. Glenwood, la escuela a la que iban las niñas antes, se iba a dedicar a la enseñanza secundaria solamente, por lo que Ramona tenía que empezar a ir a la escuela Cedarhurst.

—Fastídiate tú —dijo Beezus, que estaba demasiado contenta para enojarse con su hermana pequeña—. Yo empiezo hoy la escuela superior.

—Escuela intermedia —le corrigió Ramona, que no estaba dispuesta a permitir que su hermana se hiciera la mayor—. La escuela intermedia Rosemont no es lo mismo que la secundaria, y además tienes que ir andando.

Ramona había llegado a una edad en que podía exigir a los demás que hablaran con propiedad y a sí misma también. Durante todo el verano, cuando alguna persona mayor le había preguntado en qué curso estaba, al contestar "en tercero", le había dado la sensación de que mentía, porque la verdad es que no había empezado tercero. Pero no podía decir que estaba en segundo, puesto que lo había terminado en junio. Los mayores no entienden que en verano no existen los cursos.

—Fastídiense las dos —dijo el señor Quimby, mientras llevaba los platos del desayuno a la cocina—. No son las únicas que van a la escuela hoy.

El día anterior había dejado de trabajar como cajero en el supermercado *Shop-Rite*. Hoy iba a volver a la universidad, porque quería convertirse en lo que él llamaba un profesor de verdad. También iba a trabajar un día a la semana en el almacén de congelados de la cadena de supermercados *Shop-Rite* para "ir tirando", como dicen los mayores, hasta que terminara de estudiar.

—Si no se apuran, se van a fastidiar todos— dijo la señora Quimby, removiendo la espuma que había en el fregadero.

Se separó de la pila para no manchar el uniforme blanco que llevaba en la consulta del médico donde trabajaba de recepcionista.

—Papá, ¿te van a dar tarea?

Ramona se limpió el bigote de leche y recogió sus platos del desayuno.

—Claro.

El señor Quimby intentó dar a Ramona con un trapo de cocina mientras pasaba junto a él. Ramona soltó una risita y lo esquivó, contenta de verle contento. Ya nunca volvería a estar todo el día sentado delante de la caja de un supermercado, sumando las compras

de una fila enorme de personas que tienen prisa.

Ramona deslizó su plato dentro del agua.

—¿Y mamá va a tener que firmar tus notas? La señora Quimby soltó una carcajada.

—Espero que sí —dijo.

Beezus fue la última en llevar sus platos a la cocina.

—Papá, ¿tienes que estudiar para ser profesor? —preguntó.

Ramona había estado haciéndose la misma pregunta. Su padre sabía leer y sabía matemáticas. Sabía quiénes eran los exploradores de Oregon y sabía las equivalencias de las medidas.

El señor Quimby secó un plato y lo metió en el armario.

—Voy a estudiar arte, porque quiero ser profesor de arte. Y voy a estudiar el desarrollo infantil . . .

Ramona le interrumpió:

—¿Qué es el desarrollo infantil?

—Cómo crecen los niños —contestó su padre.

"¿Hay que ir a la universidad para estudiar una cosa como ésa?", se preguntó Ramona.

Llevaba toda la vida oyendo que para crecer hay que comer bien, normalmente cosas que no gustan, y dormir mucho, casi siempre cuando se tienen cosas más interesantes que hacer.

La señora Quimby colgó el trapo de cocina, cogió a *Tiquismiquis*, el gato viejo y color canela que tenían los Quimby, y lo soltó en la parte de arriba de las escaleras del sótano.

—En marcha —dijo—, o van a llegar todos tarde a la escuela.

Después de las prisas de toda la familia lavándose los dientes, el señor Quimby dijo a sus hijas:

—Abran la mano.

Y en cada una de ellas dejó caer una goma de borrar, nueva y de color rosa.

—Es para darles suerte —dijo—, no porque piense que se van a equivocar.

—Gracias —dijeron las niñas.

7

Cualquier regalo les hacía ilusión, por muy pequeño que fuera, porque mientras la familia había estado ahorrando dinero para que el señor Quimby volviera a estudiar, los regalos habían sido escasos. A Ramona, que le gustaba dibujar tanto como a su padre, le gustó especialmente su goma nueva, suave, de color rosa perlado, con un ligero olor a plástico y perfecta para borrar rayas hechas a lápiz.

La señora Quimby dio a cada miembro de la familia su comida, dos en bolsas de papel y una, la de Ramona, en una maletita especial.

—Bueno, Ramona . . . —empezó su madre.

Ramona suspiró. Ya había llegado el momento de las recomendaciones que tanto odiaba.

—Por favor —dijo su madre—, sé amable con Willa Jean.

Ramona hizo una mueca.

—Yo lo intento, pero es muy difícil.

Lo de portarse bien con Willa Jean era la parte de su vida que no iba a cambiar, y era la que estaba deseando que cambiara. Todos los días, después de la escuela, tenía que ir a casa de su amigo Howie Kemp, y sus padres pagaban a la abuela de Howie para que la cuidara hasta que uno de ellos pudiera pasar a recogerla. Los padres de Howie también iban todos los días a trabajar. A Ramona le caía bien Howie, pero después de haberse pasado todo el verano, sin contar las clases de natación del parque, metida en casa de los Kemp, estaba harta de tener que jugar con Willa Jean, que sólo tenía cuatro años. También estaba harta de merendar jugo de manzana y galletas saladas todos los días.

—Da igual lo que haga Willa Jean —se quejó Ramona—, porque, según su abuela, siempre tengo la culpa yo, que soy mayor.

Como la vez que se puso las aletas cuando estaban regando, porque decía que era la sirena que sale en la lata de atún, y mojó el suelo de la cocina. ¡La señora Kemp dijo que yo tenía que vigilar a Willa Jean, porque es demasiado pequeña para saber lo que se puede hacer y lo que no!

La señora Quimby abrazó a Ramona.

—Ya sé que no es fácil, pero tienes que hacer un esfuerzo.

Su padre, al ver que Ramona suspiraba, le dio un abrazo y dijo:

—Contamos contigo, campeona—y luego, empezó a cantar:

Una campeona es como una reina,
con su corona . . .

A Ramona le gustó oír la letra nueva que se había inventado su padre para la canción de la hormiga que movía el árbol de caucho y le gustaba sentirse mayor para que pudieran contar con ella, pero, a veces, cuando estaba en casa de los Kemp, le daba la sensación de que todo dependía de ella. Si la abuela de Howie no la cuidara, su madre no podría trabajar durante todo el día. Si su madre no trabajara durante todo el día, su padre no podría ir a la universidad. Si su padre no fuera a la universidad, quizá tendría que volver a ser cajero y ese trabajo lo cansaba y lo ponía de mal humor.

Aun así, Ramona tenía demasiadas cosas interesantes en que pensar como para que sus responsabilidades le preocuparan mientras se dirigía a la parada de su ruta bajo el sol de otoño, con la goma nueva en la mano, sandalias nuevas en los pies, ese estremecimiento en el estómago y la canción sobre una campeona dándole vueltas en la cabeza.

Pensó en el trabajo nuevo de su padre, yendo de un lado a otro de un almacén, montado en un camión con pinzas para coger el jugo de naranja, los guisantes, el pescado y los demás productos congelados que hay en los supermercados. Su padre se llamaba a sí mismo el ayudante de Papá Noel, porque la temperatura que había en el almacén era inferior a cero grados y tenía que llevar ropa gruesa y acolchada para no congelarse. A Ramona le parecía un trabajo divertido, pero estaba segura de que no iba a divertirle tanto que su padre diera clases de arte a otros niños, e intentó no pensar en ello de momento.

En cambio, Ramona pensó en Beezus yendo a otra escuela, donde iba a dar clases de cocina y desde donde no podría venir a socorrer a su hermana pequeña si ésta tenía algún problema. Mientras se iba acercando a la parada de su ruta, Ramona pensó en una de las ventajas de su escuela nueva: ninguna de las profesoras sabría que ella era la hermana pequeña de Beatrice. A las maestras siempre les caía bien Beezus por lo cumplidora y ordenada que era. Cuando estaban las dos juntas en la escuela Glenwood, a Ramona le daba la impresión de que las maestras pensaban a menudo: "Qué pena que Ramona Quimby no se parezca más a su hermana mayor".

Cuando Ramona llegó a la parada se encontró con Howie Kemp esperando el autobús con su abuela y con Willa Jean, que habían venido a despedirlo.

Howie levantó la vista de su maletita del almuerzo, que había abierto para ver lo que le habían puesto, y dijo a Ramona:

—Con esas sandalias parece que tienes los pies enormes.

13

—Pero, Howie —dijo su abuela—. Esas cosas no se dicen.

Ramona se miró los pies fijamente. Howie tenía razón, pero, ¿qué tenía de raro que sus pies parecieran grandes? Le habían crecido desde que tuvo el último par de sandalias. No era ninguna ofensa.

—Hoy empiezo el *kinder*—alardeó Willa Jean, que llevaba unos pantalones nuevos, una camiseta y unos pendientes viejos de su madre.

Willa Jean estaba convencida de que era guapa, porque se lo decía su abuela. La madre de Ramona decía que la señora Kemp tenía razón. Willa Jean era guapa cuando estaba limpia, porque era una niña sana. Pero Willa Jean no se creía guapa por ser sana. Se creía igual de guapa que una señora mayor de las que salen en la tele.

Ramona hizo un esfuerzo por ser amable con Willa Jean. Al fin y al cabo, su familia dependía de ella.

—Al *kinder* no, Willa Jean —dijo—. Querrás decir al jardín de infantes.

Willa Jean miró a Ramona con aspecto enfurecido y obcecado.

—Sí que voy al *kinder* —dijo—. Ya soy muy mayor.

—Qué graciosa —dijo su abuela, admirándola como siempre.

El autobús, el pequeño autobús amarillo con el que Ramona llevaba todo el verano soñando, se detuvo junto a la acera. Ramona y Howie subieron como si estuvieran acostumbrados a montar solos en autobús. "Lo he hecho igual que los mayores", pensó Ramona.

—Buenos días. Soy la señora Hanna, la encargada del autobús. Siéntense en los primeros asientos que vean libres en la parte de atrás.

Ramona y Howie se sentaron cerca de la ventanilla, uno en cada lado del autobús, que tenía un agradable olor a nuevo. A Ramona le horrorizaba el olor a gente y a humo de los grandes autobuses de la ciudad.

—Adiós —gritaron la señora Kemp y Willa Jean, despidiéndoles con la mano como si Ramona y Howie fueran a hacer un viaje muy, muy largo—. Adiós.

Howie hizo como si no las conociera.

En cuanto arrancó el autobús, Ramona notó una patada en el respaldo de su asiento. Se dio la vuelta y vio a un chico robusto que llevaba una gorra de béisbol con la visera levantada y una camiseta blanca en la que había una palabra muy larga. Miró la palabra detenidamente: *Terremoto*. Un equipo de algo. Sí, seguro que su padre lo llevaba a ver partidos de fútbol o de baloncesto. No llevaba comida, y eso quería decir que iba a comer en la cafetería.

Ahora que ya era mayor a Ramona no le parecía bien llamarle "plomo". Siguió mi-

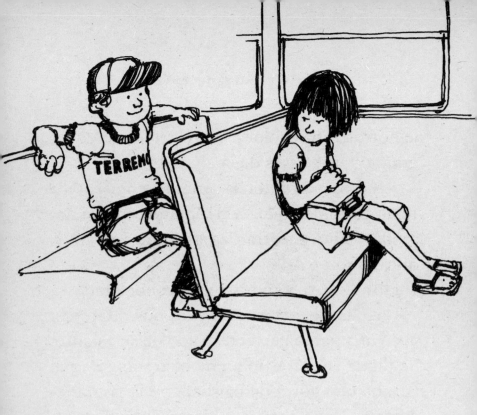

rando hacia delante sin decir nada. Este niño
no iba a estropearle su primer día en tercero.

Plaf, plaf, plaf, contra el respaldo del
asiento de Ramona. El autobús se detuvo
para recoger a más niños, unos nerviosos,
otros preocupados. Las patadas continuaban,

Ramona siguió sin reaccionar, mientras el autobús pasaba por delante de su antigua escuela. "Qué tiempos aquéllos", pensó Ramona, como si hubiera dejado de ir a la escuela Glenwood hacía años.

—Oye, Danny —dijo la encargada del autobús al niño que daba patadas—. Mientras yo esté al frente de la diligencia, no se dan patadas en los asientos. ¿Comprendido?

Ramona sonrió al oír a Danny murmurar una respuesta. Qué gracioso, la encargada del autobús decía que estaba al frente de la diligencia, como si estuviera cuidando un cargamento de oro, en vez de estar vigilando un autobús amarillo lleno de niños de escuela.

Ramona empezó a imaginarse que iba en una diligencia perseguida por unos bandidos, hasta que se dio cuenta de que su goma, su preciosa goma rosa, había desaparecido.

—¿Has visto una goma? —preguntó a una niña de segundo que se había sentado a su lado.

Las dos buscaron por el asiento y en el suelo. Ni rastro de la goma.

Ramona notó un golpecito en el hombro y se dio la vuelta.

—¿Era una goma rosa? —le preguntó el niño de la gorra de béisbol.

—Sí —dijo Ramona, dispuesta a perdonarle por haber dado patadas al asiento—. ¿La has visto?

—No.

El niño hizo una mueca y se bajó la visera de la gorra.

Esa mueca fue demasiado para Ramona.

—¡Mentiroso! —dijo, echando chispas por los ojos y volviendo a mirar hacia delante, enfadada por haber perdido su goma nueva, furiosa consigo misma por haberla dejado caer de forma que el niño pudiera verla. "Plomo", se dijo para sus adentros y pensó que ojalá en la cafetería le dieran pescado y habichuelas verdes de lata, de ésas que tienen hilos. Y de postre, manzana asada, de esa cosa blanda que tiene la piel dura.

El autobús se detuvo en la escuela nueva de Ramona, la Cedarhurst, un edificio de dos pisos, de ladrillo rojo, muy parecido a su escuela anterior. Mientras iban bajando los niños del autobús, Ramona se estremeció un poco, con una sensación de triunfo. No se había mareado. Se dio cuenta de que había crecido, incluso más que sus pies. Los de tercero eran los mayores, sin contar a los maestros de esa escuela. Al ver a los pequeñitos de primero y segundo corriendo por el patio de recreo, con ese aspecto tan infantil, Ramona se sintió alta, mayor y . . . pues, eso, con la experiencia necesaria.

Danny pasó a su lado a empujones.

—¡Ahí va! —gritó a otro niño.

Algo pequeño y de color rosa voló por el aire hasta llegar a las manos del segundo niño. Éste se puso en posición, como si fuera a lanzar una pelota de béisbol, y la goma salió volando hacia Danny.

—¡Dame mi goma!

Llevando en alto la maleta del almuerzo, Ramona persiguió a Danny, que empezó a correr, esquivando a los niños de primero y segundo. Cuando ya estaba a punto de alcanzarlo, Danny lanzó la goma a otro niño. Si Ramona no se hubiera dado con la maleta del almuerzo en las rodillas, puede que la hubiera cogido. Por desgracia, el timbre sonó antes de que le diera tiempo.

—¡Macacos! —gritó Ramona.

Así llamaba a los niños que siempre cogen los mejores balones, salen los primeros al recreo y se ponen a jugar al fútbol donde los demás están jugando a la rayuela. Vio cómo su goma rosa volvía a caer en manos de Danny.

—¡Macacos! —volvió a gritar con lágrimas de rabia en los ojos—. ¡Macacos asquerosos!

Los niños, por supuesto, no le hicieron ni caso.

Indignada, Ramona entró en su escuela nueva y subió las escaleras en busca de la clase que le habían asignado, descubriendo al llegar que desde las ventanas, por encima de los tejados y las copas de los árboles, se veía el monte Hood a lo lejos. "Ojalá entre en erupción", pensó, porque ella estaba a punto de estallar de furia.

En la clase nueva de Ramona, todo era nervios y confusión. A algunos de los niños

los conocía de su escuela anterior. Todos hablaban a la vez, saludando a gritos a los conocidos y mirando a quienes pronto se convertirían en amigos, rivales o enemigos. A Ramona le dio pena que no estuviera Howie, a quien le había tocado en otra clase, pero, cómo no, el macaco ese, Danny, estaba ahí, sentado en un pupitre, con la gorra de béisbol puesta y pasándose la goma nueva de Ramona de una mano a otra. Ramona estaba tan indignada que no dijo nada. Lo que quería era pegarle. ¿Quién se habría creído que era para estropearle el día de esa manera?

—Bueno, muchachos, silencio —dijo la profesora.

Ramona se quedó atónita al oír que les llamaba muchachos. La mayoría de las maestras que había tenido hubieran dicho algo parecido a: "Creo que estoy hablando muy alto. ¿Será por el ruido que están haciendo?"

Ramona eligió un asiento en la primera fila y se puso a contemplar a su maestra nueva, una mujer de aspecto fuerte, con el pelo corto y la piel muy morena. "Como mi profesora de natación", pensó Ramona.

—Soy la señora Ballenay —dijo la maestra mientras iba escribiendo su nombre en la pizarra—. B-a-l-l-e-n-a-y. Soy una ballena con un rabo en forma de "y".

Soltó una carcajada y su clase también. Luego, la ballena con un rabo en forma de "y" dio a Ramona unas tiras de papel.

—Repártelas, por favor —le pidió—. Voy a necesitar carteles con sus nombres, hasta que los vaya conociendo.

Ramona obedeció, y mientras iba andando entre los pupitres se dio cuenta de que sus sandalias crujían. *Cric, crac, cric*. Soltó una risita y lo mismo hizo el resto de la clase. *Cric, crac, cric*. Ramona fue por un pasillo y volvió por otro. A la última persona a quien dio su tira de papel fue al niño del autobús, que seguía con la gorra de béisbol puesta.

—¡Devuélveme la goma, macaco! —susurró.

—Cógela, si puedes, pies grandes —susurró él con una sonrisa.

Ramona se miró los pies. ¿Pies grandes? Piesgrandes es una criatura peluda, de diez pies de altura que, según dicen, deja huellas de pisadas gigantescas en la nieve de las montañas de Oregon. Hay personas que creen haber visto a Piesgrandes deslizándose entre los bosques, pero nadie ha sido capaz de demostrar que exista de verdad.

¡Conque pies grandes! A Ramona le habían crecido los pies, pero no los tenía inmensos. No pensaba quedarse callada ante semejante insulto.

—Y tú eres superpiés, pedazo de macaco— dijo en voz alta, dándose cuenta, demasiado tarde, de que acababa de ponerse un apodo nuevo a sí misma.

Ante su gran asombro, el macaco sacó la goma del bolsillo y se la dio con una sonrisa. ¡Vaya! Con la nariz muy alta, Ramona volvió a su asiento entre crujidos. Se sentía tan satisfecha de sí misma que volvió por el camino más largo, flexionando los pies todo lo que podía para que los crujidos fueran más fuertes.¡Había hecho lo que tenía que hacer! No se había dejado intimidar cuando el macaco le había llamado pies grandes y ahora tenía la goma en la mano. Seguro que a partir de ese momento el macaco iba a llamar a Ramona con el apodo de superpiés, pero le daba igual. Superpiés era un nombre que se había puesto a sí misma. Ahí estaba la diferencia. Ella había ganado.

Ramona se dio cuenta de que se seguían oyendo los crujidos de sus sandalias en medio de un silencio insólito. Se detuvo bruscamente al ver a su maestra nueva mirándola y sonriendo. Todos los demás niños miraban fijamente a la maestra.

—Ya nos hemos dado cuenta de que tienes zapatos musicales —dijo la señora Ballenay.

La clase entera soltó una carcajada, por supuesto.

Andando con las piernas rectas y sin flexionar los pies, Ramona logró llegar a su asiento sin hacer ruido. No sabía qué pensar. Al principio había creído que la señora Ballenay la estaba regañando, pero también era posible que estuviera haciendo una broma. Con los mayores nunca se sabe. Ramona acabó diciendo que si una maestra dejaba al macaco llevar puesta la gorra de béisbol en clase, no le podía importar mucho unos zapatos que crujían. Se inclinó sobre su tira de papel y escribió lenta y cuidadosamente, con su mejor letra: *Ramona Quimby, 8 años.* Se quedó mirando lo que había escrito y se puso contenta. Le gustaba sentirse mayor en su nueva escuela. Le gustaba—mejor dicho, estaba casi segura de que le gustaba—tener una maestra tan tranquila. El macaco . . . Bueno, era el único problema, pero, por ahora, había conseguido mantenerlo a raya. Además, a pesar de que probablemente no iba a ser capaz de reconocerlo ante nadie, ahora que había recuperado su goma, el macaco le caía bien, casi bien. Era como una especie de reto.

Ramona empezó a adornar las zonas blancas que rodeaban su nombre, dibujando espirales y flores. Estaba contenta, además, porque su familia había estado de buen humor esa mañana y porque ya era lo bastante mayor como para que su familia confiara en ella.

Sólo le quedaba el problema de Willa Jean . . .

2

En casa de Howie

—Y pórtate bien con Willa Jean —dijo la señora Quimby al dar a Ramona su comida.

Los mayores suelen olvidarse de que a los niños no les gusta que los obliguen a portarse bien con otros niños.

Ramona hizo una mueca.

—Mamá, ¿vas a decirme lo mismo todas las mañanas? —preguntó con un gesto de desesperación.

Dentro, muy dentro, donde guardaba sus secretos más profundos, a Ramona le apetecía portarse horriblemente con Willa Jean.

—Bueno, bueno. Intentaré no repetirme— dijo la señora Quimby sonriendo—. Ya sé que no es fácil.

Dio un beso a Ramona y le dijo:

—Anima esa cara y date prisa, que vas a perder el autobús.

A pesar de que ahora estaba en tercero, las cosas no eran tan fáciles. Su padre casi siempre estaba cansado, tenía prisa o estaba estudiando en la mesa del comedor, y entonces no se podía ver la tele para no molestarlo. En cuanto a la escuela aún no sabía muy bien si la señora Ballenay le gustaba o no. En el primer grado, Ramona había descubierto que es importante que a uno le guste su maestra. Y a pesar de que su familia la comprendía, Ramona seguía odiando esa parte del día que pasaba en casa de Howie con la señora Kemp y Willa Jean.

Ésas eran las partes malas de estar en tercero. También había partes buenas. A Ramona le gustaba ir a la escuela en autobús y le gustaba ser capaz de mantener a raya al macaco. Además, durante la segunda semana de escuela empezó otra parte buena de estar en tercero.

Justo antes de que su clase se dirigiera a hacer la visita semanal a la biblioteca del colegio, la señora Ballenay anunció:

—A partir de hoy vamos a hacer lectura silenciosa prolongada todos los días.

A Ramona le gustó cómo sonaba lo de lectura silenciosa prolongada porque parecía importante, a pesar de que no estaba muy segura de entenderlo.

—Esto quiere decir que todos los días, después de comer, vamos a sentarnos en nuestras mesas y leer en silencio un libro que hayamos elegido en la biblioteca.

—¿Valen los de misterio? —preguntó alguien.

—Valen los de misterio —dijo la señora Ballenay.

—¿Tenemos que hacer resúmenes de lo que leamos? —preguntó un alumno desconfiado.

—No hay que hacer resúmenes de los libros de lectura silenciosa prolongada —les prometió la señora Ballenay. Luego continuó—: Me parece que lo de lectura silenciosa prolongada no suena muy interesante, así que será mejor ponerle otro nombre.

Escribió tres letras mayúsculas en la pizarra y al ir señalándolas, las deletreó:

—TAL. A ver si adivinan lo que significan estas letras.

La clase entera se puso a pensar y pensar.

—Tengo amigos listos —sugirió alguien.

Una buena idea, pero no era la respuesta correcta.

—Temo al lector —sugirió el macaco.

La señora Ballenay soltó una carcajada y le dijo que siguiera intentándolo.

Mientras Ramona pensaba, se puso a mirar por la ventana el cielo azul, las copas de los árboles y, a lo lejos, el pico nevado del monte Hood que parecía un cucurucho de helado a medio comer. La "T" podía ser "Todos" y la "A" podía quedarse igual que estaba.

—Todos a limpiar —dijo Ramona, casi sin darse cuenta.

La señora Ballenay, que no era una maestra de las que pretenden que siempre se levante la mano para hablar, soltó una carcajada y dijo:

—Casi has acertado, Ramona, pero, ¿te acuerdas de lo que estábamos hablando?

—¡Todos a leer! —dijo el resto de la clase a coro.

"¡Qué tonta soy!", pensó Ramona. Le dio rabia no haberlo adivinado ella sola.

Ramona decidió que prefería lectura silenciosa prolongada a TAL, porque le sonaba más serio. Cuando llegó el momento de todos a leer, ella se sentó muy tranquila a hacer su lectura silenciosa prolongada.

Le gustaba mucho poder leer tranquilamente en el colegio. No hacía falta esconder el libro debajo de la mesa o detrás de un libro más grande. No tenía que hacer listas de las palabras que no entendía, con lo cual podía deducir el significado por el resto de la frase o adivinando. La señora Ballenay no pretendía que escribieran resúmenes de lo que habían leído, así que no había que elegir libros fáciles para hacer un buen resumen. Si la señora Ballenay también la dejara dibujar tranquilamente, el colegio sería casi perfecto.

Sí, la lectura silenciosa prolongada era la mejor parte del día. Howie y Ramona hablaron de ello al salir del colegio, mientras andaban desde la parada del autobús hacia la casa de Howie, y los dos estaban de acuerdo. Al llegar, se encontraron con dos niños que se habían hecho amigos de Howie en la escuela Cedarhurst y que le estaban esperando con sus bicicletas.

Ramona se sentó en los escalones de la casa de los Kemp, cogiéndose las rodillas con las manos, dejando a su lado el libro de cuentos de hadas que leía durante la lectura silenciosa prolongada y mirando con cara de pena las bicicletas de los dos niños mientras Howie sacaba la suya del garaje.

Howie era una buena persona y Ramona era su amiga. Por eso le preguntó:

—Ramona, ¿quieres ir en mi bici hasta la esquina y volver?

¿Que si quería? Ramona se levantó de un salto, deseando que le tocara el turno.

—Sólo una vez —dijo Howie.

Ramona se montó en la bicicleta y, con los otros tres niños observándola en silencio, llegó bamboleándose hasta la esquina sin caerse. Le dio vergüenza tener que bajarse de la bicicleta para dar la vuelta, pero regresar fue más fácil—por lo menos, no se tambaleó tanto—y logró bajarse como si estuviera muy acostumbrada a hacerlo. "Sólo me hace falta practicar un poco", pensó Ramona mientras Howie retiraba su bicicleta y se marchaba con sus amigos, con lo cual a Ramona no le quedó más remedio que coger su libro y entrar en la casa, donde estaba Willa Jean.

Ahora que Willa Jean había empezado a ir al jardín de infantes se le ocurrían muchas

cosas. Una de ellas era disfrazarse. Recibió a Ramona en la puerta con una cortina vieja encima de los hombros.

—Date prisa. Tienes que merendar —ordenó a Ramona mientras su abuela veía la televisión y tejía.

Resultó que la merienda era un jugo de piña y galletas de centeno, un cambio agradable, a pesar de que Willa Jean la estuviera mirando impacientemente hasta que se tragó el último bocado.

—Bueno. Yo soy la señora y tú eres el perro —ordenó Willa Jean.

—Pero yo no quiero ser un perro —dijo Ramona.

La abuela de Willa Jean levantó la vista de su tejido, recordando a Ramona con la mirada que su deber como miembro de la familia Quimby era llevarse bien con los Kemp.

Entonces, ¿tenía que hacer de perro porque se le había ocurrido a Willa Jean?

—Tienes que ser el perro —dijo Willa Jean.

—¿Por qué?

Ramona miró de reojo a la señora Kemp para saber hasta dónde podía llegar negándose a cumplir las órdenes de Willa Jean.

—Porque lo digo yo, que soy una señora guapa y rica —le informó Willa Jean.

—Pues yo soy una señora más guapa y más rica —dijo Ramona, que no se sentía guapa ni rica, pero no tenía ninguna intención de ponerse a gatear dando ladridos.

—Sólo puede haber una señora —dijo Willa Jean— y yo lo he pedido primero.

Ramona tuvo que admitir que eso era cierto.

—¿Qué clase de perro tengo que ser? —preguntó, intentando ganar tiempo.

Puso cara de pena al ver su libro encima de una silla, el libro que tenía que leer en la escuela, pero que se había traído a casa porque le gustaba mucho.

Mientras Willa Jean pensaba, la señora Kemp dijo:

—Cielo, acuérdate de que va a venir Bruce a jugar dentro de un ratito.

—¿Quién es Bruce? —preguntó Ramona con la esperanza de que Bruce y Willa Jean jugaran juntos y la dejaran leer tranquilamente.

—Bruce el que no hace pis en el patio de recreo —contestó Willa Jean inmediatamente.

—¡Willa Jean! —dijo la señora Kemp horrorizada—. Esas cosas no se dicen.

A Ramona no le sorprendió la respuesta. Era evidente que debía haber otro Bruce en el jardín de infantes que sí hacía pis en el patio de recreo.

Al final resultó que Ramona se libró de hacer de perro gracias a la llegada de un niño cuya madre lo bajó del coche y esperó hasta que llegara a la puerta de la casa antes de marcharse.

Willa Jean salió corriendo a recibirlo y se lo presentó como Ramona esperaba:

—Éste es Bruce el que no hace pis en el patio de recreo.

Bruce puso cara de estar satisfecho consigo mismo.

La señora Kemp se sintió obligada a disculparse en nombre de su nieta.

—Willa Jean no ha querido decir eso.

—Pero es verdad que no hago pis en el patio —dijo Bruce —. Hago pis en . . .

—Déjalo, Bruce—dijo la señora Kemp—. Bueno, ¿a qué van a jugar los tres?

Ramona estaba atrapada.

—A disfrazarnos —contestó Willa Jean inmediatamente.

En una esquina había una caja de cartón llena de ropa vieja y Willa Jean la arrastró hacia ellos. A Bruce le dio una chaqueta vieja de su padre, un sombrero viejo y sus aletas de color azul. Se quitó la cortina de encima de los hombros y se la puso en la cabeza, anudándosela debajo de la barbilla. Luego se puso un trozo de sábana vieja sobre los hombros. Satisfecha, entregó una camisa vieja a Ramona, que se la puso sólo porque la señora Kemp estaba delante.

—Ya está —dijo Willa Jean, complacida—. Yo soy la Ratita, la novia guapa, Bruce es el Sapo y Ramona es el tío Ratón, y vamos todos a la fiesta de la boda.

Ramona no quería ser el tío Ratón.

—El señor Sapo va a visitar a la novia— cantó Willa Jean.

45

Bruce le hacía el coro:

—Mmm, mmm.

Aparentemente, la canción era muy cono-
cida en el jardín de infantes.

Ramona se unió a Bruce:

—Mmm.

—Dilo —ordenó Willa Jean a Bruce.

—Willa Jean, ¿te quieres casar conmigo?—
cantó Bruce.

Willa Jean dio una patada en el suelo.

—¡Willa Jean, no! Ratita.

Bruce volvió a empezar.

—Ratita, ¿te quieres casar conmigo?—
cantó.

—Sí, si me da permiso el tío Ratón.

—Mmm, mmm.

—Mmm, mmm —cantaron los tres.

Los dos niños del jardín de infantes miraron a Ramona, esperando que dijera su ren-
glón. Como no sabía qué palabras usaba el

tío Ratón para dar permiso al señor Sapo para
que se casara con la Ratita, dijo:

—Sí.

—Bueno —dijo Willa Jean—. Ahora vamos
a la fiesta de la boda.

Cogió a Bruce y Ramona de la mano.

—Dale la mano a Bruce —ordenó a Ramona.

Ramona logró encontrar la mano de Bruce dentro de la manga de la chaqueta. Bruce tenía la mano pegajosa.

—Ahora bailamos en círculo —dirigió Willa Jean.

Ramona saltaba, Willa Jean trotaba y Bruce se balanceaba. Bailaron dando vueltas, tropezando con la cola y el velo del traje de novia de la Ratita, pisoteando las aletas del señor Sapo, hasta que Willa Jean dio la siguiente orden:

—Ahora, nos caemos al suelo.

Ramona se dejó caer al suelo mientras Willa Jean y Bruce se desplomaban alborotadamente, en medio de grandes carcajadas. Por encima de sus risas y del sonido de la televisión, Ramona oyó los gritos de los niños que montaban en bicicleta fuera. Se preguntó cuánto tiempo tendría que esperar hasta que su madre viniera a rescatarla. Ojalá llegara antes de que los padres de Howie volvieran de trabajar.

Willa Jean se puso de pie.

—Ahora, otra vez —dijo, radiante, convencida de que estaba guapísima con el velo de novia.

Los tres cantaron, bailaron y se tiraron al suelo una y otra vez. Mientras repetían el juego sin cesar, Ramona empezó a aburrirse y a variar las palabras que usaba para permitir al señor Sapo que se casara con la Ratita. Unas veces decía:

—Haz lo que quieras.

Y otras decía:

—Sí, pero te vas a arrepentir.

Willa Jean no se daba cuenta, porque estaba deseando llegar a la parte de la fiesta, cuando todos se tiraban al suelo.

Y siguieron con el juego, una y otra vez, sin que Bruce y Willa Jean parecieran cansarse. De repente, entró Beezus con un montón de libros entre los brazos.

—Hola, Beezus —dijo Willa Jean, con la cara roja de tanto reírse—. Tú también puedes jugar. Puedes ser el gato viejo que sale en la canción.

—Lo siento, Willa Jean —dijo Beezus—. No tengo tiempo para hacer de gato viejo. Tengo que hacer mis tareas.

Se sentó frente a la mesa del comedor y abrió un libro.

Ramona miró a la señora Kemp, que sonrió y siguió tejiendo. ¿Por qué Ramona tenía que jugar con Willa Jean y Beezus no? Porque era

más pequeña. Por eso. Ramona estaba desesperada ante semejante injusticia. Como era
más pequeña, siempre tenía que hacer cosas
que no quería hacer: irse a la cama antes,
ponerse la ropa que se le había quedado pequeña a Beezus y que su madre le había guar-
dado, ir a coger cosas que estaban lejos,
porque tenía las piernas más jóvenes y porque
Beezus siempre estaba haciendo tareas.
Ahora tenía que llevarse bien con Willa Jean—
su familia entera dependía de ello—y Beezus
no.

Ramona volvió a echar una ojeada a su libro de cuentos de hadas que había dejado en
una silla junto a la puerta de la entrada, y
mientras contemplaba la cubierta gastada del
libro, se le ocurrió una idea. No sabía si fun-
cionaría, pero merecía la pena intentarlo.

—Willa Jean, Bruce y tú van a tener que

perdonarme —dijo Ramona con toda su buena educación—. Tengo que hacer mi lectura silenciosa prolongada.

Por el rabillo del ojo, miró a la señora Kemp.

—Bueno —dijo Willa Jean.

Aparte de estar impresionada por no haber entendido la última parte, Willa Jean se conformaba con poder mandar a Bruce. La señora Kemp, que estaba contando puntos, se limitó a asentir con la cabeza.

Ramona cogió su libro y se instaló en una esquina del sofá. Beezus se volvió y las dos hermanas intercambiaron miradas de complicidad mientras Willa Jean y Bruce, ahora sin el tío Ratón, bailaban desenfrenadamente, dando vueltas y cantando a gritos:

—¡Había una vez un barquito chiquitito, que no podía, que no podía navegar!

Ramona, muy contenta, se metió en el mundo de las princesas, los reyes y los hijos pequeños que siempre son los más listos, satisfecha de pensar que los Quimby tenían una hija pequeña que también era lista y sabía cumplir con su deber.

LA MODA DE LOS HUEVOS DUROS

Como los cuatro miembros de la familia Quimby tenían que marcharse a horas diferentes y a sitios diferentes, por las mañanas todo eran prisas. Los días en que el señor Quimby tenía clase a las ocho, se marchaba pronto en auto. Beezus se iba a continuación, porque tenía que ir a la escuela andando y porque quería encontrarse con Mary Jane por el camino.

Ramona era la tercera en marcharse. Le gustaba pasar esos minutos a solas con su madre, ahora que la señora Quimby ya no le recordaba que tenía que portarse bien con Willa Jean.

—¿Te has acordado de ponerme un huevo duro en la comida como te dije? —preguntó Ramona una mañana.

Esa semana se habían puesto de moda los huevos duros en la clase de tercero. Los había puesto de moda el macaco, que a veces llevaba el almuerzo. La semana pasada, la moda había sido llevar bolsas de hojuelas de maíz. Ramona no había participado en esa moda, porque su madre no quería gastarse el dinero en comida poco alimenticia. Pero seguro que un huevo duro no le parecería mal, con lo nutritivos que son.

—Sí, me he acordado del huevo duro, cielo —dijo la señora Quimby—. Me alegro de que hayan empezado a gustarte por fin.

A Ramona no le pareció necesario explicar a su madre que aún no le gustaban los huevos duros, ni siquiera cuando los pintaban de colores en Semana Santa. Tampoco le gustaban los huevos pasados por agua, porque eran resbaladizos y pegajosos a la vez. A Ramona le gustaba el huevo revuelto pero no estaba de moda esa semana.

En el autobús, Ramona y Susan compararon sus comidas. Cada una se alegró de descubrir que la otra también tenía un huevo duro y las dos estaban deseando que llegara la hora de comer.

Mientras Ramona esperaba a que llegara el momento de la comida, la escuela le resultó increíblemente interesante. Cuando terminaron de hacer los ejercicios de matemáticas, la señora Ballenay entregó a cada niño un frasco de cristal que contenía unos tres dedos de una sustancia azulada. Les explicó que eran copos de avena teñidos de azul. Ramona fue la primera en decir:

—Puaj.

La mayoría puso cara de asco y el macaco hizo como si vomitara.

—Bueno, chicos, tranquilos —dijo la señora Ballenay.

Cuando la habitación quedó en silencio, explicó que en la clase de ciencias iban a estudiar los insectos de las frutas. Los copos de avena que les había dado tenían larvas de mosca.

—¿Y por qué creen que están teñidos de azul? —les preguntó.

Varios niños dijeron que el tinte azul era alguna clase de comida para las larvas, vitaminas, quizá. Marsha sugirió que el tinte azul podía ser para que a los niños pequeños no les entraran ganas de comérselos. Todos se rieron al oír esta idea. ¿A quién le iba a apetecer comer copos de avena fríos? El macaco dio con la respuesta correcta: los copos estaban teñidos de azul para que se pudieran ver las larvas. Y sí que se veían: eran unos puntitos blancos.

Mientras todos los de la clase se inclinaban sobre sus pupitres haciendo etiquetas para sus frascos, Ramona escribió su nombre en la tira de papel que le habían dado y añadió: 8 *años*, porque siempre lo ponía detrás de su firma. Luego dibujó moscas diminutas alrededor, antes de pegar la etiqueta en su frasco de copos de avena y larvas de mosca. Le hacía ilusión tener un frasco lleno de insectos para ella sola.

—Que bien te ha quedado la etiqueta, Ramona —dijo la señora Ballenay.

Ramona se dio cuenta de que a su maestra

le había gustado de verdad. Decidió que la señora Ballenay le estaba empezando a caer muy bien.

La mañana resultó tan satisfactoria que se le pasó rápidamente. Al llegar la hora de comer, Ramona cogió su comida y se fue a la cafetería. Después de hacer cola para que le dieran su vaso de leche, se sentó en una mesa con Sara, Janet, Marsha y otras niñas de tercero. Abrió su maletita del almuerzo y allí, envuelto en una servilleta de papel, metido entre el sandwich y la naranja, estaba el huevo duro, suave y perfecto, del tamaño justo para cogerlo con la mano. Como Ramona quería dejar lo mejor para el final, se comió la parte del centro de su sandwich— atún con mayonesa—e hizo un agujero en la naranja para beberse el jugo. En tercero no se pelan las naranjas. Por fin, llegó el momento del huevo.

Los huevos duros se pueden pelar de muchas maneras. La que tenía más aceptación, y era el verdadero motivo de llevar un huevo al colegio, consistía en cascar el huevo contra la cabeza. Había dos formas de hacerlo: dando golpecitos tímidos o dándole un buen porrazo al huevo contra la cabeza.

Sara prefería la técnica de los golpecitos y Ramona, igual que el macaco, la del porrazo.

Ramona cogió su huevo, esperó a que todas las niñas de la mesa estuvieran mirando y *crac:* se encontró con la mano llena de cáscara de huevo y algo frío y viscoso rodándole por la cara.

Todas las niñas de la mesa de Ramona se quedaron con la boca abierta. Ramona tardó un momento en darse cuenta de lo que había ocurrido. El huevo estaba crudo. Su madre no lo había cocido. Intentó quitarse del pelo y de la cara la yema pastosa y la clara resbaladiza, pero sólo consiguió que las manos se le quedaran pegajosas. Se le saltaron las lágrimas de la rabia e intentó secárselas con las muñecas. Las bocas abiertas de la mesa se convirtieron en sonrisas. Ramona se dio cuenta de que el macaco la estaba mirando desde otra mesa, riéndose.

Marsha, una niña alta que siempre se ponía a hacer de madre, dijo:

—No te preocupes, Ramona. Yo voy contigo al cuarto de baño y te ayudo a limpiarte.

Ramona no se mostró precisamente agradecida.

—Déjame en paz —dijo, avergonzada de ser tan grosera.

No estaba dispuesta a que una niña de tercero la tratara como a una bebita.

La maestra que cuidaba durante la hora de la comida se acercó para ver por qué se había armado tanto barullo. Marsha reunió todas las servilletas de papel que habían llevado y se las dio a la maestra, que intentó limpiar a Ramona con ellas. Por desgracia, las servilletas no absorbieron el huevo, sino que esparcieron la clara y la yema por el pelo de Ramona. Empezó a notar que se le ponía la cara tirante al irse secando la clara.

—Acompáñala a la oficina de la señora

Larson —dijo la profesora a Marsha—. A ella se le ocurrirá algo.

—Vamos, Ramona —dijo Marsha como si Ramona estuviera en el jardín de infantes, y le puso una mano en el hombro, porque no quería tocar esas manos tan pegajosas.

Ramona se apartó bruscamente.

—Puedo ir yo sola —dijo.

Tras dar esa respuesta, salió corriendo de la cafetería. Estaba tan enojada que le dieron igual las risitas y las miradas comprensivas de algunos niños. Estaba indignada consigo misma por haber seguido una moda. Estaba furiosa con el macaco porque se había reído. Pero lo que más rabia le daba era que su madre no hubiera cocido el huevo. Cuando llegó a la oficina, Ramona tenía la cara tan tirante como una máscara.

Estuvo a punto de chocar con el señor Wittman, el director, lo cual le hubiera

puesto más nerviosa todavía. Desde que Beezus le había explicado que había que tratar al
director como a un amigo, Ramona había in-
tentado no encontrarse con él. Ramona no
quería que fuera su amigo. Quería que se
quedara en su despacho, distante e importante, dedicado a sus asuntos. El señor Wittman debía estar de acuerdo con ella, porque
la esquivó casi dando un salto.

La secretaria del colegio, la señora Larson,
vio a Ramona, se levantó como un resorte y
dijo:

—Bueno, necesitas ayuda, ¿verdad?

Ramona asintió con la cabeza, agradecida
a la señora Larson por comportarse como si
todos los días entraran en su despacho niños
con la cabeza llena de huevo. La secretaria la
llevó a un cuarto diminuto en el que había
una cama, un lavamanos y un inodoro.

—Vamos a ver —dijo la señora Larson—.

¿Cómo lo hacemos? Creo que lo mejor va a ser que te laves las manos primero y luego, mojarte la cabeza. Has oído hablar del champú de huevo, ¿verdad? Dicen que es buenísimo para el pelo.

—¡Aah! —gritó Ramona al meter la cabeza en el lavamanos—. Está helada.

—En realidad, es mejor que no tengamos agua caliente —dijo la señora Larson—. No querrás tener huevos revueltos en el pelo, ¿verdad?

Le frotó el pelo y Ramona suspiró. Se lo enjuagó y Ramona volvió a suspirar.

—Bueno, ya está —dijo finalmente la señora Larson, dando a Ramona unas cuantas toallas de papel—. Sécate lo mejor que puedas. Ya te lavarás el pelo cuando llegues a casa.

Ramona cogió las toallas. Mientras estaba sentada en la cama, chorreando, frotándose y secándose el pelo, llena de furia y humillación, se puso a escuchar los ruidos que venían de la oficina, el traqueteo de la máquina de escribir, el sonido del teléfono, la voz de la señora Larson al cogerlo.

Empezó a tranquilizarse y a encontrarse mejor. Quizá la señora Kemp le dejara lavarse el pelo después del colegio. Podía sugerir a Willa Jean que jugaran a ser peluqueras y así no haría falta sacar el tema de la lectura silenciosa prolongada. Seguro que Willa Jean iba a acabar dándose cuenta de que simplemente se trataba de leer un libro y Ramona quería retrasar ese momento todo lo posible.

Cuando estaba acabándose la hora de la comida, Ramona oyó a los maestros y maestras entrar en la oficina para dejar papeles o coger mensajes de sus casilleros. Ramona hizo entonces un descubrimiento interesante: los maestros hablaban de sus clases.

—Mi clase se ha portado muy bien hoy—
dijo una voz—. Ha sido maravilloso. Son
unos angelitos.

—Yo no entiendo qué ocurre en mi clase—
dijo otra voz—. Ayer sabían restar y hoy nin-
guno parece acordarse.

—Puede que sea por el mal tiempo —sugirió otra voz.

Ramona encontró esta conversación fran-
camente interesante. Se había secado el pelo
lo mejor que había podido cuando oyó la voz
sonora y alegre de la señora Ballenay que
hablaba con la señora Larson:

—Aquí tienes esos exámenes que te tenía
que haber dado ayer —dijo—. Perdona por
el retraso.

La señora Larson murmuró una respuesta.

Entonces la señora Ballenay dijo:

—Me han contado que la graciosita de mi
clase ha aparecido con el pelo lleno de

huevo. —Soltó una carcajada y añadió—: ¡Qué fastidio!

Ramona se quedó tan sorprendida que ni siquiera intentó oír la respuesta de la señora Larson. ¡Graciosita! ¡Fastidiosa! ¿Qué creía la señora Ballenay, que se había cascado un huevo crudo en la cabeza para hacerse la graciosita? Y decía que era una fastidiosa cuando no lo era ¿O sí lo era? Ramona no había pretendido romperse el huevo encima de la cabeza. La culpa la tenía su madre. ¿Se habría convertido en una fastidiosa por lo del huevo?

No entendía por qué la señora Ballenay la consideraba una fastidiosa. La que se había llenado las manos de huevo era Ramona, no la señora Ballenay. Pero la había oído claramente. Había dicho que Ramona era una graciosita y una fastidiosa. Eso le sentó mal, muy mal.

Ramona se quedó sentada, con las toallas

en la mano, intentando moverse lo menos posible. No se atrevía a tirar las toallas a la papelera, porque no quería hacer ruido, por pequeño que fuera. Se acabó la hora de la comida y ella siguió sentada. Se había quedado sin fuerzas, sorprendida. Se sentía incapaz de ponerse delante de la señora Ballenay. Jamás se atrevería.

La máquina de escribir de la señora Larson

seguía tecleando alegremente. Nadie se acordaba de Ramona, que era justo lo que ella quería. En realidad, quería olvidarse de sí misma y de su horrible pelo, que ahora, al secarse, se le estaba poniendo tieso. Ya no se sentía como una persona normal.

La siguiente voz que oyó Ramona fue la del macaco.

—Señora Larson —dijo como si hubiera venido corriendo por el pasillo—. La señora Ballenay me ha dicho que le diga que Ramona no ha vuelto después de comer.

El tecleo se detuvo.

—Dios mío —dijo la señora Larson, apareciendo en la puerta—. Pero, Ramona, ¿sigues ahí?

¿Qué podía contestar Ramona?

—Anda, vete a clase con Danny—dijo la secretaria—. Perdona por haberme olvidado de ti.

—¿Tengo que ir? —preguntó Ramona.

—Claro —dijo la señora Larson—. Ya tienes el pelo casi seco. Estarás deseando volver a clase.

Ramona no quería volver a clase. Nunca más. Tercero se había estropeado para siempre.

—Venga, Ramona, vamos —dijo el macaco, hablando por primera vez sin mala intención.

Sorprendida ante la simpatía del macaco, Ramona salió de la oficina, sin estar aún muy convencida. Pensaba que él iba a caminar delante de ella, pero se puso a su lado, como si fueran amigos en vez de rivales. Le pareció extraño ir sola por el pasillo con un chico. Mientras iba andando junto a él, arrastrando los pies, a Ramona le entraron ganas de contar a alguien la horrible noticia.

—La señora Ballenay no me soporta —dijo en tono triste.

—No hagas ni caso a la ballena —dijo él—. Claro que le caes bien. Eres buena chica.

Ramona se quedó bastante sorprendida al oírle llamar "ballena" a su maestra. Sin embargo, la opinión del macaco la consoló bastante. El macaco le estaba empezando a caer bien, muy bien.

Al llegar a la clase, el macaco, pensando quizá que había sido demasiado simpático con Ramona, se volvió hacia ella y dijo con su sonrisita de siempre:

—¡Cabeza de huevo!

¡Vaya! A Ramona no le quedó más remedio que entrar en clase detrás de él. La lectura silenciosa prolongada, o TAL, como la llamaba la señora Ballenay, se había acabado ya y estaban todos escribiendo las letras mayúsculas en cursiva. La señora Ballenay estaba explicando la forma de trazar la "M" mayúscula mientras la escribía en la pizarra.

—Una curva hacia arriba y otra hacia abajo, y otra vez, arriba y abajo.

Ramona procuró no mirar a su maestra mientras sacaba papel y lápiz, poniéndose a escribir las mayúsculas del abecedario con su mejor letra. Disfrutaba haciéndolo y se fue tranquilizando, hasta que llegó a la letra "Q".

Se quedó mirando la "Q" mayúscula, la primera letra de su apellido. A Ramona siempre le había gustado la "Q", la única letra del abecedario que tiene un rabo. Le gustaba escribir la "Q" en letra de imprenta, pero no le gustaba cómo quedaba en cursiva. La había trazado bien, pero parecía un 2 mal hecho y le daba rabia estropear una letra tan bonita.

Ramona decidió en ese instante no volver a escribir la letra "Q" en cursiva nunca más.

Escribiría el resto de su apellido, *uimby*, en cursiva, pero la "Q", dijera lo que dijera la señora Ballenay, la escribiría en letra de imprenta. "Que se fastidie la señora Ballenay— pensó Ramona—. No puede obligarme a escribir la 'Q' en cursiva si yo no quiero". Y empezó a sentirse como una persona normal de nuevo.

LA DISCUSIÓN DE LOS QUIMBY

—Pero, Ramona —dijo la señora Quimby el sábado—, ya te he dicho que hice varios huevos duros, para no tener que hacer uno todas las mañanas. Puse los huevos duros en un estante de la nevera y los crudos en otro. Como tenía prisa, tomé un huevo del estante que no era. Lo siento. Qué quieres que te diga . . .

Ramona se quedó callada. Estaba de mal humor y le daba rabia, porque quería perdonar a su madre, pero había algo en ese sitio oscuro y profundo de su interior que se lo impedía. Haber oído a su maestra llamándole "graciosita" y "fastidiosa" le había sentado tan mal que estaba enfadada con todo el mundo.

La señora Quimby suspiró como si estuviera, cansada, mientras cogía las sábanas y toallas para meterlas en la lavadora del sótano. Ramona se puso a mirar por la ventana, deseando que la densa lluvia, que caía suave e incesantemente, desapareciera para poder olvidarse de todo patinando sobre ruedas.

Tampoco podía contar con Beezus, que había pasado la noche en casa de Mary Jane, con varias niñas más. Se habían dedicado a ver una película de miedo y a comer palomitas de maíz. Luego se habían quedado hablando, porque les daba miedo dormir. Por la mañana, Beezus había vuelto a casa agotada y de mal humor y se había dormido casi al instante.

Ramona se puso a dar vueltas por la casa, buscando algo que hacer, hasta que descubrió a su padre sentado en el sofá, con un lápiz en la mano y un cuaderno de dibujo apoyado en la rodilla, mirándose un pie descalzo con cara de concentración.

—Papá, ¿para qué haces eso? —preguntó Ramona.

—Eso me gustaría saber a mí —contestó su padre, moviendo los dedos—. Tengo que dibujar mi pie para la clase de arte.

—Me encantaría que nos mandaran hacer cosas así en la escuela —dijo Ramona.

Encontró papel y lápiz, se quitó un zapato y un calcetín y se instaló en el sofá junto a su padre. Cada uno se puso a contemplar su propio pie detenidamente, empezando a dibujarlo. Ramona descubrió en seguida que dibujar un pie es más difícil de lo que parece. Igual que su padre, miró, hizo muecas, dibujó, borró, miró, hizo muecas y dibujó. Durante un rato se olvidó de que estaba enfadada. Era divertido.

—Ya está —dijo finalmente.

Había hecho un buen dibujo de su pie, aunque no era excelente. Miró la hoja de su padre y se quedó desilusionada. Era de esos dibujos que las maestras cuelgan en las esquinas, donde no los ve nadie más que el propio artista. El pie de su padre parecía una aleta. Por primera vez, Ramona empezó a dudar de que su padre fuera el mejor artista del mundo entero. Esto hizo que se pusiera triste, aparte de recordarle lo furiosa que estaba con todo el mundo.

El señor Quimby miró el dibujo de Ramona.

—No está mal —dijo—. No está nada mal.

—Mi pie es más fácil de dibujar —dijo Ramona, como si tuviera que disculparse por haber dibujado un pie mejor que su padre,

que era una persona mayor—. Mi pie es más
. . .normal —le explicó—. El tuyo es hue-
sudo y tiene pelos en los dedos. Por eso es
más difícil dibujarlo.

El señor Quimby arrugó su dibujo y lo tiró
a la chimenea.

—Me parezco bastante a Piesgrandes, según parece —dijo con una carcajada amarga,
lanzándole un cojín a Ramona.

El día transcurría lentamente. Al llegar la
hora de cenar, Ramona aún no había sido capaz de perdonar a su madre, que cada vez
parecía estar más cansada. El señor Quimby
había arrugado una serie de dibujos insatis-
factorios de su pie y Beezus había salido de
su habitación con cara de sueño y medio dormida cuando su madre les avisó de que la
cena estaba lista.

—Yo quería tortitas de maíz —dijo Ramona, no porque le gustaran especialmente,

sino porque estaba tan enfadada que tenía ganas de quejarse.

Las tortitas de maíz son de un color amarillo muy bonito, que hubiera animado aquel día lluvioso. Se inclinó hacia delante para oler la comida que había en su plato.

—Ramona —dijo su padre, usando un tono de voz que significaba: "En esta casa no se olfatea la comida".

Ramona se sentó derecha en su silla. Brécol y papas hervidas. Carne asada. Ramona se acercó al plato para examinar la carne. No logró encontrar ni una pizca de grasa y su madre le había puesto muy poca salsa. Bien. Ramona se negaba a comer la carne con grasa, por poco que fuera. No le gustaba el tacto blanduzco y gelatinoso que tenía.

—Está buenísima —comentó el señor Quimby, que no sentía necesidad de inspeccionar la comida antes de empezar.

—Está muy tierna —dijo Beezus, empezando a recuperarse después de una noche agotadora.

Ramona se abalanzó sobre el tenedor, lo clavó en la carne y empezó a cortarla con el cuchillo.

—Ramona, procura coger bien el tenedor— dijo su padre—. No lo agarres con toda la mano. Un tenedor no es una lanza.

Con un suspiro, Ramona cogió el tenedor correctamente. Los mayores nunca se acuerdan de lo difícil que es cortar la carne cuando los codos están muy por debajo de la altura de la mesa. Consiguió cortar un trozo de carne de la manera que sus padres querían. Estaba mucho más tierna que de costumbre y no estaba nada fibrosa, como otras veces. Además, sabía bien.

—Mmm —dijo Ramona, olvidando su furia.

La familia comió en paz y tranquilidad hasta que Beezus empezó a quitar la salsa de encima de su trozo de carne con el tenedor. La salsa engorda y aunque Beezus estaba delgada, incluso flaca, no quería arriesgarse.

—¡Madre! —dijo Beezus en tono acusador—. ¡Esta carne tiene bultos por encima!

—¿Sí? —contestó su madre inocentemente.

Ramona se dio cuenta de que su madre estaba intentando ocultar algo al ver a sus padres mirarse con cara de compartir algún secreto. Ella también quitó la salsa de encima de la carne. Beezus tenía razón. Una parte del trozo de carne tenía bultitos.

—Esto es lengua —dijo Beezus, apartando el trozo de carne con el tenedor—. No me gusta la lengua.

¡Lengua! Igual que Beezus, Ramona apartó su trozo de carne.

—¡Puaj! —exclamó.

—Niñas, dejen de hacer el tonto —dijo la señora Quimby en tono serio.

—¿Qué es eso de que no les gusta la lengua? —preguntó el señor Quimby—. Se la estaban comiendo tan contentas.

—Es que no sabía que era lengua —dijo Beezus—. Me horroriza la lengua.

—Y a mí —dijo Ramona—. Está llena de bultos asquerosos. ¿Por qué no comemos carne normal?

La señora Quimby empezaba a perder la paciencia.

—Porque la lengua es más barata. Por eso. Es más barata y alimenta mucho.

—¿Saben una cosa? —dijo el señor Quimby—. Esto no tiene ni pies ni cabeza. Les gustaba la lengua cuando no sabían que era lengua, así que no entiendo por qué no siguen comiéndola.

—Sí, no tiene ni pies ni cabeza —dijo la señora Quimby.

—La lengua es asquerosa —dijo Beezus—. La mía, que se la coma *Tiquismiquis*.

—Y la mía, también —dijo Ramona, sabiendo que debería comerse lo que tenía delante, pero... lengua... sus padres le pedían demasiado.

La cena continuó en silencio, las niñas sintiéndose culpables, pero sin ceder, los padres, inflexibles. El señor Quimby, al terminar su ración de lengua, se sirvió más del plato de Ramona. *Tiquismiquis*, ronroneando como un motor oxidado, entró en el comedor y se restregó contra las piernas de todos, para recordarles que él también tenía que comer.

—Lo que no entiendo —dijo la señora Quimby—, es por qué sólo llamamos *Tiquismiquis* al gato.

El señor Quimby y ella se miraron, haciendo esfuerzos por no reírse. Las niñas se miraron con cara de mal humor. No está bien que los padres se rían de sus hijos.

Beezus recogió la mesa en silencio. La señora Quimby trajo manzana asada y galletas, mientras el señor Quimby les hablaba de su trabajo como ayudante de Papá Noel en el almacén de congelados. Les contó que cuando alguien abría la puerta y entraba aire caliente de fuera, caían bloques de nieve del techo. Les habló de un hombre que se tenía que quitar trozos de hielo del bigote cuando salía del almacén.

Trabajar en un sitio lleno de nieve, un hombre con el bigote helado . . . a Ramona se le ocurrían muchas preguntas, pero no quería hablar. Pensó que, quizá, el trabajo de ayudante de Papá Noel no era tan divertido como se había imaginado.

—Tengo una idea —dijo el señor Quimby

a la señora Quimby al acabarse las galletas—. Te vendría bien descansar un poco. Mañana nos pueden hacer la cena las niñas.

—Muy bien —dijo la señora Quimby—. Es verdad que estoy un poco harta de cocinar.

—Pero yo iba a ir a casa de Mary Jane mañana —protestó Beezus.

—Llámala y dile que no puedes —dijo el señor Quimby, alegre y despiadado a la vez.

—No hay derecho —dijo Beezus.

—¿Por qué no hay derecho? —preguntó el señor Quimby.

Al ver que a Beezus no se le ocurría una respuesta, Ramona se dio cuenta de que la cosa iba en serio. Cuando su padre se ponía así, no había más remedio que obedecer.

—Pero yo no sé cocinar —protestó Ramona—. Sólo sé hacer gelatina de sobre y torrijas.

—Claro que sabes —dijo la señora

Quimby—. Estás en tercero y sabes leer. Cualquiera que sepa leer, sabe cocinar.

—¿Y qué ponemos de cena? —dijo Beezus, dándose cuenta de que era imposible intentar librarse.

—Lo mismo que pondría yo —dijo su madre—. Cualquier cosa que encuentren en la nevera.

—Y tortitas de maíz —dijo el señor Quimby, mirando a Ramona con cara seria, pero con ojos de estar divirtiéndose.

Aquella noche, cuando terminaron de recoger la mesa, *Tiquismiquis* se puso a relamerse la salsa del bigote y sus padres a ver las noticias en la televisión. Ramona entró muy decidida en la habitación de Beezus y cerró la puerta.

—La culpa de todo la tienes tú —informó a su hermana, que estaba tumbada en la

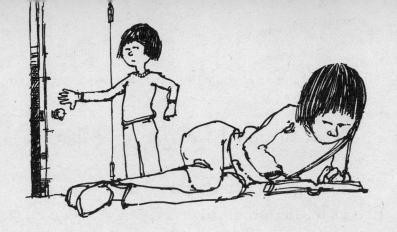

cama con un libro—. ¿Por qué has tenido que meter la pata?

—Tú también tienes la culpa —dijo Beezus—. Te daba igual de asco que a mí.

Las dos se dieron cuenta de que discutir sobre quién tenía la culpa no iba a servir de nada.

—Pero a ti te gusta cocinar —dijo Ramona.

—Y a ti te gusta hacer gelatina y torrijas— dijo Beezus.

Las hermanas se miraron. ¿Qué les ocurría? ¿Por qué no querían preparar la cena?

—Nos quieren hacer rabiar —dijo Ramona.

—Nos quieren castigar —dijo Beezus—. Eso es lo que quieren.

Las hermanas fruncieron el ceño. Les gustaba cocinar; no les gustaba que las castigaran. Se quedaron en silencio, pensando en lo mal que se portaban los padres, sobre todo los suyos, que eran injustos y antipáticos, porque no se daban cuenta de las hijas tan maravillosas que tenían. Había muchos padres que estarían encantados de tener unas hijas tan estupendas como Beezus y Ramona.

—Si yo tengo una hija, nunca la obligaré a comer lengua —dijo Ramona—. Le daré cosas buenas de comer, como aceitunas rellenas y crema batida.

—Yo también —dijo Beezus—. ¿Qué podemos preparar de cena?

—Vamos a mirar en la nevera —sugirió Ramona.

—Si nos oyen abrir la nevera, van a pensar que tenemos hambre y nos soltarán un sermón por no habernos comido la cena —objetó Beezus.

Bueno, tampoco se iba a morir de hambre si esperaba a la hora del desayuno. Empezó a pensar en una torrija, esponjosa y bien espolvoreada con azúcar.

—Puede . . . —dijo Beezus, pensativa—. Puede que si nos portamos muy bien, se olviden de todo.

Ramona, además de estar hambrienta, se empezó a poner triste. Con lo que le había costado llevarse bien con los Kemp para ayudar a su familia y de repente se había estropeado todo. Había fallado algo. Casi seguro que Beezus tenía razón. La única forma de librarse del castigo era portarse muy bien.

Bueno —dijo Ramona con voz más bien triste.

Que idea tan horrible la de portarse muy bien, aunque era mejor que dejar que sus padres las castigaran.

Ramona se marchó a su cuarto y se tumbó en la cama con un libro. Ojalá les pasara algo muy bueno a sus padres, algo que les hiciera olvidar la escena de aquella noche. Ojalá su padre dibujara un pie perfecto, un pie que su profesora quisiera colgar en el sitio más visible de la clase, en mitad de la pizarra. Quizá un pie perfecto bastaría para que se pusiera contento.

Un domingo muy especial

El domingo por la mañana, Ramona y Beezus seguían con la intención de portarse perfectamente hasta la hora de cenar. Se levantaron de la cama sin que hubiera que pedírselo, no se pelearon sobre quién leía primero el "Querida Abby" en el periódico, dijeron a su madre que las tostadas estaban buenísimas y se marcharon a su clase de religión de los domingos, limpias, peinadas y sonriendo valientemente, a pesar de que estaba llovizando.

Al volver, ordenaron sus habitaciones sin que hubiera que pedírselo. A la hora de comer, comieron los sandwiches sin rechistar, a pesar de que sabían que estaban hechos de lengua triturada. El pepinillo que tenían no logró engañarlas, pero sí mejorar el sabor. Secaron los platos, procurando no mirar hacia la nevera para evitar que su madre les recordara que tenían que hacer la cena.

El señor y la señora Quimby estaban de buen humor. La verdad es que el ambiente era tan falsamente alegre que Ramona estaba deseando que alguien dijera algo desagradable. A primera hora de la tarde, la pregunta seguía en el aire. ¿Tendrían que preparar la cena?

"¿Por qué no dicen algo, por lo menos?",

pensó Ramona. Estaba harta de portarse
bien, harta de querer perdonar a su madre
por lo del huevo crudo de la comida.

—Bueno, me voy a poner con lo del pie
otra vez —dijo el señor Quimby mientras se
instalaba en el sofá con papel y lápiz, quitán-
dose un zapato y el calcetín.

Por fin, dejó de llover. Ramona observó
cómo iban apareciendo manchas secas en la
acera y pensó en sus patines de ruedas, que
estaban en el armario. Fue al cuarto de Beezus y vio que su hermana estaba leyendo. Ramona sabía que Beezus quería llamar a Mary
Jane, pero había decidido esperar a que Mary
Jane llamara preguntando por qué no había
ido a su casa. Mary Jane no llamaba. El día
transcurría lentamente.

Al ver que las zonas secas del asfalto de
enfrente de la casa de los Quimby habían cre-

cido tanto que sólo quedaba humedad en las
hendiduras, Ramona sacó sus patines del
armario.

A su padre, que tenía un dibujo de su pie
en la mano y había estirado el brazo para es-
tudiarlo de lejos, le dijo:

—Bueno, voy a salir a patinar.

—¿No se te olvida algo? —preguntó él.

—¿Qué? —preguntó Ramona, sabiendo
muy bien lo que era.

—La cena —dijo él.

La pregunta que había estado en el aire
toda la tarde ya tenía respuesta. Se acabaron
las dudas.

—Ya está —dijo Ramona a Beezus—. Ya
podemos dejar de portarnos bien.

Las hermanas entraron en la cocina, ce-
rraron la puerta y abrieron la nevera.

—Un paquete de muslos de pollo —dijo
Beezus, soltando un gruñido—. Y una caja de

guisantes congelados. Y yogur, natural y de banana. Seguro que el yogur estaba de oferta.

Cerró la nevera y cogió un libro de cocina.

—Yo puedo hacer tarjetas para señalar nuestros sitios en la mesa —dijo Ramona mientras Beezus pasaba hojas frenéticamente.

—No pensarás comer tarjetas, ¿verdad? —dijo Beezus—. Además, tú tienes que hacer

las tortitas de maíz, porque fuiste tú la que sacó el tema.

Las niñas estaban hablando en voz baja, porque no les apetecía que sus padres, los antipáticos de sus padres, se enteraran de lo que estaba pasando en la cocina.

En el fichero de recetas de su madre, Ramona encontró una ficha donde explicaba cómo se hacen tortitas de maíz, escrita en la letra temblorosa de la abuela del señor Quimby, que a Ramona le costaba leer.

—No encuentro una receta para hacer muslos de pollo —dijo Beezus—. Sólo hay una para hacer un pollo entero. Lo único que sé es que mamá lo hace siempre en la fuente plana, con no sé qué salsa por encima.

—Le echa sopa de champiñón mezclada con algo y con una especie de pimienta.

Ramona se acordaba de haber visto a su madre haciéndolo.

Beezus abrió el armario donde estaban las latas.

—No hay sopa de champiñón —dijo—. ¿Qué hacemos?

—Haz una salsa con lo que sea —sugirió Ramona—. Si está malo, peor para ellos.

—¿Y si hacemos algo que esté malísimo? —preguntó Beezus—. Así comprenderán lo que nos pasa a nosotras con la lengua.

—¿Qué hay que esté malísimo? —preguntó Ramona, apoyando la sugerencia, unida con su hermana contra el enemigo, que eran sus padres en este caso.

Beezus, siempre tan práctica, cambió de idea.

—No. Es una tontería, porque nosotras también tenemos que comer y con lo antipáticos que están, encima tendremos que fregar los platos. Además, es como si estuviera en juego nuestro honor, porque ellos creen que no sabemos cocinar algo que esté bueno.

A Ramona se le había ocurrido otra solución:

—Ponlo todo junto en una fuente.

Beezus abrió el paquete de muslos de pollo y lo miró con cara de asco.

—Me horroriza tocar carne cruda —dijo, cogiendo un muslo con dos tenedores.

—¿Tenemos que comernos la piel? —preguntó Ramona—. Tiene unos bultos asquerosos.

Beezus encontró unas pinzas de cocina. Intentó sujetar un muslo de pollo con un tenedor y quitarle la piel con las pinzas.

—Déjame agarrarlo a mí —dijo Ramona, a quien no le daba asco tocar cosas como gusanos y carne cruda.

Sujetó el muslo con fuerza mientras Beezus cogía la piel con las pinzas. Cada una

tiró hacia un lado y lograron separar la piel.
Con cada muslo hicieron lo mismo, amon-
tonando los trozos de piel en la mesa y cu-
briendo el fondo de la fuente con los muslos
de pollo.

—¿No te acuerdas de qué es esa especie de
pimienta que le pone mamá? —preguntó
Beezus.

Ramona no se acordaba. Las dos se pusieron a estudiar el estante de las especias,

abriendo botes y olisqueando. ¿Nuez moscada? No. ¿Clavo? Horrible. ¿Canela? Ni hablar. ¿Chile molido? Puede . . . Sí, debía ser eso. Ramona se acordaba de que los puntitos de la salsa eran de color rojo. Beezus mezcló media cucharada de chile con yogur y lo echó por encima del pollo. Metió la fuente en el horno y lo puso a la temperatura que recomendaba el libro de cocina para hacer pollo.

Desde el salón les llegaba el ruido de la conversación de sus padres, unas veces seria y otras interrumpida por carcajadas. "Y nosotras aquí, matándonos", pensó Ramona, mientras se subía a la mesa para coger la caja de copos de avena. Al bajarse, se dio cuenta de que se le había olvidado la levadura y el bicarbonato. Acabó poniéndose de rodillas en la mesa para ahorrar tiempo y le pidió a Beezus que le diera un huevo.

—Si te viera mama ahí subida . . . —comentó Beezus mientras le daba el huevo a Ramona.

—¿Cómo voy a coger las cosas si no llego? —dijo Ramona, partiendo el huevo y tirando la cáscara en la mesa—. Ahora necesito crema.

Beezus le informó sobre el tema. No había crema en la nevera.

—¿Qué hago? —susurró Ramona, desesperada.

—Toma. Usa esto —dijo Beezus, lanzando el recipiente de yogur de banana a su hermana—. El yogur es un poco agrio, pero puede servir.

La puerta de la cocina se abrió un poco.

—¿Qué tal les va? —preguntó el señor Quimby.

Beezus se lanzó contra la puerta.

—¡Fuera! —ordenó—. ¡La cena es . . . una sorpresa!

Por un momento, Ramona pensó que Beezus iba a provocar un desastre. Mezcló un huevo con el yogur, pesó la harina, tirando parte al suelo, y descubrió que le hacían falta más copos de avena. Qué nervios.

—Mi profesora de cocina dice que siempre hay que asegurarse de que se tienen todos los ingredientes antes de ponerse a cocinar — dijo Beezus.

—A callar —dijo Ramona, cogiendo un paquete de copos de trigo, porque tienen un tamaño parecido a los de avena. Esta vez sólo tiró un poco al suelo.

Hacía falta algo para servir con el pollo y la salsa con puntitos rojos. ¡Arroz! Los copos de trigo que había en el suelo rechinaron bajo los pies de Beezus mientras medía el arroz y el agua, siguiendo las instruc-

ciones del paquete. Después de poner el a-
rroz al fuego, se fue al comedor a poner la
mesa y entonces cayó en la cuenta de que
se les había olvidado la ensalada. ¡Ensalada!
Lo menos complicado de preparar eran
unas zanahorias. Beezus se puso a pelar
zanahorias en el fregadero.

—¡Eh! —gritó Ramona desde el mostrador—. ¡El arroz!

La tapa de la olla había empezado a tem-
blar. Beezus cogió una olla más grande y
cambió el arroz de sitio.

—¿Necesitan ayuda? —preguntó la señora
Quimby desde el salón.

—¡No! —contestaron sus hijas.

Otra calamidad. Las tortitas de maíz tenían que hacerse a una temperatura más alta
que el pollo. ¿Qué podía hacer Ramona?

—Da igual. Mételas en el horno —dijo
Beezus, con la cara enrojecida.

Las tortitas de maíz fueron a parar junto al pollo.

—¡El postre! —susurró Beezus.

Sólo pudo encontrar una lata de peras en almíbar. Qué aburrido. Volvió al libro de cocina. "Calentar con un poco de mantequilla y servir con una cucharada de gelatina en cada mitad", leyó. Gelatina. Se tendrían que conformar con medio bote de mermelada de albaricoque. Las peras y la mantequilla, a la sartén. Al almíbar que se había caído en el suelo, ni caso.

—¡Beezus! —gritó Ramona, enseñándole la caja de guisantes.

Beezus soltó un quejido. Sacó el pollo a medio hacer y mezcló los guisantes, que aún no estaban descongelados del todo, con el yogur, volviendo a meter la fuente en el horno.

¡El arroz! Se les había olvidado el arroz, que estaba empezando a pegarse en el fondo

de la olla. ¡Rápido! Hay que quitarlo del fuego. ¿Cómo lograría su madre cocinarlo todo a la vez?

—¡Velas! —susurró Beezus—. La cena parecerá mejor si ponemos velas.

Ramona encontró dos candelabros y dos velas usadas, de distinto tamaño. Una de ellas la había metido en la calabaza, la víspera de Halloween. Beezus se encargó de encenderlas, porque a Ramona, que no le importaba tocar carne cruda, le daba un poco de miedo encender fósforos.

¿Estaría el pollo hecho ya? Las niñas, bastante nerviosas, se pusieron a inspeccionar el plato fuerte de la cena, que estaba burbujeando y había adquirido un color marrón por los bordes. Beezus clavó un tenedor en un muslo de pollo y al ver que no sangraba, decidió que ya estaba hecho. El palillo que clavaron en las tortitas de maíz salió limpio. Las tortitas estaban hechas, demasiado compactas, pero hechas.

Crac, crac, crac, hacían los pies de las niñas al andar. Era increíble que unos cuantos copos de trigo hicieran crujir todo el suelo de la cocina. Por fin, sirvieron la comida, apagaron las luces del comedor y anunciaron que la cena estaba lista. Las cocineras, intentando ocultar su nerviosismo, a la luz de las velas, se dejaron caer en sus sillas mientras sus padres se sentaban. ¿Sería comestible la cena?

—¡Velas! —exclamó la señora Quimby—. ¡Qué cena tan elegante!

—Vamos a probarla antes de decidir —dijo el señor Quimby con una sonrisa malévola.

Las niñas observaron a su padre ansiosamente mientras tomaba su primer bocado de pollo. Masticó pensativo y dijo con más asombro del necesario:

—¡Si está buenísimo!

—Es verdad —dijo la señora Quimby, probando una tortita de maíz—. Está muy bueno, Ramona —añadió.

El señor Quimby probó una tortita.

—Justo como las hacía mi abuela —sentenció.

Las niñas se miraron, intercambiando las sonrisas que habían estado conteniendo. No se notaba que el yogur era de banana y a la luz de las velas nadie se había dado cuenta de que las tortitas les habían salido un poco pálidas. El pollo, decidió Ramona, no estaba tan bueno como decían sus padres—o como pretendían hacerles creer— pero se podía comer sin que a uno le dieran arcadas.

Todos se relajaron y la señora Quimby dijo que el chile era más interesante que la paprika y les preguntó qué receta habían usado para hacer el pollo.

Ramona contestó:

—Una nuestra.

Mientras, ella y Beezus se miraron. ¡Paprika! Esos puntitos que tenía la salsa eran paprika.

—Queríamos hacer algo distinto —dijo Beezus.

La conversación fue más agradable que la noche anterior. El señor Quimby dijo que por fin estaba satisfecho con su dibujo, que ya parecía un pie de verdad. Beezus contó que en su clase de cocina estaban estudiando los tipos de comida que convenía tomar todos los días. Ramona dijo que había un niño en su escuela que le había llamado "cabeza de huevo". El señor Quimby le contestó que era una expresión que podía usarse para personas que tienen mucho cerebro. Ramona empezó a pensar que el macaco no era tan desagradable como parecía.

La cena fue un éxito. Aunque el pollo no

estaba tan bueno como las niñas hubieran querido y las tortas estaban más duras que las que hacía su madre, las dos cosas se podían comer perfectamente. Beezus y Ramona estaban contentas por dentro, porque sus padres habían disfrutado, aparentemente, de la cena que ellas habían hecho. Toda la familia estaba de buen humor. Al terminar las peras con mermelada de albaricoque, Ramona sonrió tímidamente a su madre.

La señora Quimby le devolvió la sonrisa y le dio una palmadita en la mano. Ramona se sintió mucho mejor. Sin haber tenido que hablar, había perdonado a su madre por el desafortunado incidente del huevo y su madre lo había comprendido. Por fin, se quedó tranquila.

—Como las cocineras han trabajado tanto —dijo el señor Quimby—, yo me voy a en-

cargar de lavar los platos. Incluso voy a recoger la mesa.

—Yo te ayudo —se ofreció la señora
Quimby.

Las niñas intercambiaron una sonrisita, pi-
dieron permiso para retirarse y se fueron a sus
habitaciones antes de que sus padres descu-
brieran las pieles de pollo y la cáscara de
huevo sobre el mostrador de la cocina, los
restos de zanahoria en el fregadero y los copos de trigo, la harina y el almíbar de pera
que había en el suelo.

SUPERFASTIDIOSA

Los Quimby volvían a llevarse bien, más o menos. Sin embargo, había muchas noches en que el señor y la señora Quimby tenían conversaciones largas y serias tras la puerta cerrada de su habitación. El tono grave de sus voces preocupaba a Ramona, que estaba deseando oírles reír. A pesar de todo, a la hora de desayunar solían estar alegres, aunque con prisas.

Donde Ramona no estaba muy contenta era en el colegio. En realidad, no se sentía nada cómoda, porque le preocupaba mucho que su profesora la considerara una fastidiosa. Dejó de levantar la mano cuando sabía alguna respuesta y aparte del viaje en autobús y de la lectura silenciosa prolongada, odiaba la escuela.

Una mañana, cuando Ramona estaba pensando que ojalá se librara de ir al colegio, hizo un agujero en sus copos de avena con la cuchara para ver cómo se llenaba el hueco de leche, mientras oía un ruido que venía del garaje, el rugido chirriante de un coche que se niega a ponerse en marcha

—Grr-rrr-rrr —dijo, imitando el ruido del motor.

—Ramona, no te entretengas —dijo su madre.

La señora Quimby estaba muy atareada

en el salón, recogiendo periódicos, colo-
cando cojines en su sitio, quitando el polvo
a los marcos de las ventanas y a la mesa de
café. Estaba "limpiando por encima", como
decía ella. A la señora Quimby no le gustaba llegar y encontrarse la casa desorde-
nada.

Ramona tomó unas cuantas cucharadas de
copos de avena con leche, pero la cuchara le
pesaba mucho aquella mañana.

—Y bébete la leche —dijo su madre—. Ya
sabes que no rendirás en la escuela si no des-
ayunas como es debido.

Ramona no hizo mucho caso a este dis-
curso, que estaba acostumbrada a oír casi todas las mañanas. Por pura costumbre, bebió
la leche y se comió casi todas las tostadas. En
el garaje, el coche había dejado de rugir y había empezado a vibrar.

Ramona se había levantado de la mesa y

estaba lavándose los dientes cuando oyó a su padre hablando con su madre desde la puerta:

—Dorothy, ¿te importa venir a intentar arrancar el coche mientras yo empujo? No consigo meter la marcha atrás.

Ramona se enjuagó la boca y corrió hacia la ventana, llegando a tiempo para ver a su padre empujar el coche silencioso con todas sus fuerzas por la rampa del garaje, con su madre al volante. Al llegar a la calle, la señora Quimby puso en marcha el motor y acercó el auto al borde de la acera.

—Ahora, mete la marcha atrás —le indicó el señor Quimby.

La señora Quimby dijo al cabo de un rato:

—No entra.

Ramona se puso el abrigo, cogió su comida y corrió fuera para ver qué ocurría cuando un coche anda hacia delante, pero no hacia atrás. Se dio cuenta en seguida de que a sus padres no les hacía ninguna gracia el asunto.

—Voy a tener que llevarlo al taller —dijo el señor Quimby con aspecto enfadado—. Y luego tendré que coger el autobús, con lo cual perderé la primera clase.

—Lo puedo llevar yo y así coges el autobús ahora —dijo la señora Quimby—. Como está puesto el contestador automático, no pasa nada si yo me retraso unos minutos en llegar a la consulta.

Entonces, al ver a Ramona de pie en la acera, le dijo:

—Date prisa, que vas a perder el autobús— y le mandó un beso desde donde estaba.

—¿Y si tienes que dar marcha atrás? —preguntó Ramona.

—Con un poco de suerte, no me hará falta —contestó su madre—. Anda, date prisa.

—Adiós, Ramona —dijo el señor Quimby. Ramona se dio cuenta de que le preocupaba más el coche que ella. Los pies le pesaron más que de costumbre mientras iba hacia la parada de su ruta. El viaje a la escuela se le hizo más largo que nunca. El macaco le dijo:

—Hola, cabeza de huevo.

Ella ni siquiera se molestó en contestarle: "Y tú, cabeza de huevo frito", como había pensado.

Al empezar la clase, Ramona se puso a rellenar los espacios de su cuaderno de ejercicios de matemáticas, pero no le importaba

121

mucho si se equivocaba o no. Le pesaba la cabeza y sus dedos no querían moverse. Estuvo a punto de decirle a la señora Ballenay que se encontraba mal, pero su maestra estaba ocupada escribiendo una lista de palabras en la pizarra y probablemente pensaría que era un fastidio que la interrumpieran.

Ramona apoyó la cabeza en una mano, mirando los veintiséis frascos de copos de avena azul. No quería pensar en copos de avena azul, ni copos de avena blanca, ni copos de avena de ninguna clase. Se quedó quieta, intentando que se le pasara el malestar. Sabía que era mejor decírselo a su maestra, pero ni siquiera tenía fuerzas para levantar la mano. Si se quedaba quieta, si no movía ni un dedo meñique, ni una pestaña, quizá se le pasara.

"Fuera, copos de avena", pensó Ramona y entonces se dio cuenta de que le iba a pasar lo más terrible, horrible, espantoso y monstruoso que le podía pasar. "Por favor, Dios, haz algo . . ." Ramona se puso a rezar demasiado tarde.

Y eso tan terrible, horrible, espantoso y monstruoso le sucedio: vomitó. Vomitó en el suelo, delante de todos. Un segundo antes, el desayuno estaba en su sitio. De repente, era como si le hubieran dado marcha atrás por dentro y el desayuno había ido a parar al suelo.

Ramona no se había sentido peor en toda su vida. Los ojos se le llenaron de lágrimas de vergüenza al ver la cara de asombro y horror que ponían todos a su alrededor. Oyó a la señora Ballenay que decía:

—Vaya por Dios. Marsha, llévate a Ramona al despacho. Danny, ve a decir al señor Watts que alguien ha vomitado. Niños, pueden taparse la nariz y desfilar hacia el pasillo.

Hay que esperar a que el señor Watts limpie la clase.

Estas instrucciones hicieron que Ramona se sintiera aún peor. Las lágrimas le cayeron por la cara y pensó que ojalá viniera Beezus a ayudarla, aunque sabía que estaba muy lejos, en su escuela. Dejó que Marsha la guiara escaleras abajo mientras el resto de los niños, tapándose la nariz con el dedo índice y el pulgar, salían de la clase rápidamente.

—No te preocupes, Ramona —dijo Marsha amablemente, aunque manteniéndose a

cierta distancia, como si Ramona fuera a explotar.

Ramona lloraba tanto que no podía contestar. Estaba segura de que el mayor fastidio del mundo entero es vomitar en la escuela. Hasta aquel momento, había pensado que su maestra era injusta cuando la llamaba fastidiosa, pero ya no había forma de huir de la verdad: era una fastidiosa, un horrible fastidio con la nariz llena de mocos y sin tener nada con que sonarse.

Cuando entraron en la oficina, Marsha estaba deseando dar la noticia.

—Señora Larson —dijo—. Ramona ha vomitado.

Se enteró hasta el director, que estaba en su despacho. Ramona estaba segura de que no iba a salir como si fuera amigo suyo, porque nadie quiere ser amigo de alguien que acaba de vomitar.

La señora Larson, cogiendo rápidamente un *Kleenex* de la caja que tenía encima de la mesa, se levantó como un resorte.

—Vaya —dijo tranquilamente, como si todos los días entraran en su despacho niños que acaban de vomitar—. Suénate —dijo, acercando el *Kleenex* a la nariz de Ramona.

Ramona se sonó. El director, por supuesto, se quedó en su despacho, a salvo.

La señora Larson llevó a Ramona al cuartito que había al lado, al mismo cuarto en que le había lavado la cabeza cuando se la había llenado de huevo. Le dio un vaso lleno de agua.

—Te querrás enjuagar la boca, ¿verdad?— preguntó.

Ramona asintió con la cabeza, se enjuagó y empezó a encontrarse mejor. No parecía que la señora Larson la considerara un fastidio.

La secretaria puso una toalla de papel limpia encima de la almohada de la cama, indicó a Ramona que se tumbara y le echó una manta por encima.

—Voy a llamar a tu madre para decirle que venga a buscarte —dijo.

—Está trabajando —susurró Ramona, pensando que si hablaba en voz alta, se le podía revolver el estómago otra vez—. Y mi padre está en la universidad.

—Ah —dijo la señora Larson—. ¿Y a dónde vas al salir del colegio?

—A casa de Howie Kemp —dijo Ramona,

cerrando los ojos, deseando poder dormirse y no despertarse hasta que se hubiera acabado todo el problema. Se dio cuenta de que la señora Larson había marcado un número y después de algunos segundos había colgado el teléfono. La abuela de Howie no estaba en casa.

En ese momento, volvió a tener esa sensación terrible, horrible, espantosa y monstruosa.

—Señora L-Larson —tartamudeó Ramona—. Voy a vomitar.

Al instante, la señora Larson estaba sujetando la cabeza de Ramona encima del inodoro.

—Por suerte, como tengo tres hijos, estoy acostumbrada a estas cosas —dijo. Cuando Ramona terminó, le dio otro vaso de agua y añadió alegremente—: Seguro que ahora te encuentras mucho mejor.

Ramona contestó con una sonrisa débil y temblorosa.

—¿Quién va a ocuparse de mí? —preguntó mientras la señora Larson volvía a taparla con la manta.

—No te preocupes —dijo la señora Larson—. Ya encontraremos a alguien. Mientras tanto, quédate aquí descansando.

Ramona estaba débil, agotada y agradecida a la señora Larson. Nunca le había apetecido tanto cerrar los ojos, y cuando se quiso dar cuenta, oyó a su madre susurrando:

—Ramona.

Levantó los párpados, que le pesaban mucho, y vio a su madre de pie a su lado.

—¿Te encuentras mejor? ¿Nos vamos a casa? —preguntó la señora Quimby suavemente sujetando el abrigo de Ramona en la mano.

A Ramona se le llenaron los ojos de lágrimas. No estaba segura de si las piernas le iban a funcionar y, además, ¿cómo iban a llegar a casa si no tenían auto? ¿Y qué hacía allí su madre cuando tenía que estar trabajando? ¿Perdería su empleo?

La señora Quimby ayudó a Ramona a levantarse y le echó el abrigo por encima de los hombros.

—Tengo un taxi esperando fuera —dijo mientras llevaba a Ramona hacia la puerta.

La señora Larson levantó la vista de la máquina de escribir.

—Adiós, Ramona. Te echaremos de menos —dijo—. Que te mejores.

Ramona se encontraba tan mal que estaba convencida de que no se le iba a pasar nunca. Al salir vio un taxi amarillo con el motor en marcha. ¡Un taxi! Ramona nunca había montado en taxi y ahora estaba demasiado enferma para poder apreciarlo. En cualquier otro momento, se hubiera sentido muy importante marchándose del colegio en taxi a media mañana.

Al entrar, se dio cuenta de que el taxista la miraba como si no estuviera muy convencido. "No pienso vomitar en un taxi —pensó Ramona, convenciéndose a sí misma—. No pienso. Un taxi debe ser carísimo", y añadió

unas palabras silenciosas, dirigidas a Dios: "¡No me dejes vomitar en un taxi!"

Con mucho cuidado, apoyó la cabeza en las rodillas de su madre y cada vez que oía el *clic* del taxímetro, pensaba: "No voy a vomitar en el taxi". Y no vomitó. Consiguió aguantarse hasta que llegó al cuarto de baño de su casa.

Qué bien se estaba en la cama, con sábanas limpias. Su madre le lavó la cara y las manos con un paño húmedo y le puso el termómetro. Después de eso, Ramona no se preocupó por nada más.

A última hora de la tarde, se despertó cuando Beezus susurró desde la puerta:

—Hola.

Cuando el señor Quimby llegó a casa, también se asomó a la puerta.

—¿Cómo está mi niña? —preguntó suavemente.

—Enferma —contestó Ramona, compadeciéndose de sí misma—. ¿Cómo está el auto?

—Sigue enfermo —contestó su padre—. En el taller tenían tanto trabajo que no han podido empezar a arreglarlo hoy.

Al rato, Ramona se dio cuenta de que su familia había empezado a cenar sin ella, pero no le importó. Luego, la señora Quimby volvió a ponerle el termómetro, la hizo incorporarse en la cama y le dio un vaso de algo con burbujas, lo cual sorprendió a Ramona. Su madre siempre decía que las bebidas gaseosas sientan mal.

—He hablado con la doctora —explicó la señora Quimby— y me ha dicho que te dé esto, porque te conviene tomar líquidos.

Con la bebida, le estaban entrando ganas de estornudar. Esperó un momento, nerviosa. ¿Lograría que el líquido se quedara en el estómago? Sí. Bebió un sorbo y luego otro más.

—Muy bien —susurró su madre.

Ramona se echó hacia atrás y pegó la cara a la almohada. Al acordarse de lo que había pasado en el colegio empezó a llorar.

—Mi vida —dijo su madre—. No llores. Has cogido un poco de frío, nada más. En un par de días se te habrá pasado.

—No se me habrá pasado —dijo Ramona con voz ahogada.

—Sí, se te habrá pasado —dijo la señora Quimby, dándole unas palmaditas por encima de la colcha.

Ramona se volvió y miró a su madre con ojos llorosos.

—Tú no sabes lo que ha pasado —dijo.

La señora Quimby puso cara de preocupación.

—¿Qué ha pasado? —dijo.

—He vomitado en el suelo, delante de toda la clase —lloriqueó Ramona.

Su madre intentó consolarla.

—Todos saben que no has vomitado a propósito y, desde luego, no será la primera vez que alguien vomita en el colegio —dijo, añadiendo después de una pausa—: pero deberías haber dicho a la señora Ballenay que no te encontrabas bien.

Ramona no se sentía capaz de admitir que su maestra la consideraba una fastidiosa. Soltó un gemido largo y tembloroso.

La señora Quimby volvió a darle una palmadita y apagó la luz.

—Ahora, duérmete —dijo—. Por la mañana, te encontrarás mejor.

Ramona estaba convencida de que, aunque su estómago se encontrara mejor, el resto de ella seguiría sintiéndose horrible. Empezó a pensar en el siguiente apodo que le pondría el macaco y en lo que la señora Ballenay contaría de ella a la secretaria del colegio a la hora de comer. Ya a punto de dormirse, decidió que era una superfastidiosa y, encima, estaba enferma.

LA PACIENTE

Por la noche, Ramona se despertó a medias cuando su madre le pasó un paño húmedo por la cara y le levantó la cabeza para ayudarla a beber algo frío. Luego, cuando los ojos se le empezaban a acostumbrar a la oscuridad, tuvo que aguantar un termómetro metido debajo de la lengua durante lo que a ella le pareció una eternidad. Se sentía segura al saber que su madre la iba a cuidar. Segura, pero enferma. En cuanto encontraba una zona algo más fresca en la almohada, la calentaba tan deprisa que en seguida estaba incómoda y tenía que darse la vuelta.

Cuando ya entraba luz en su habitación, Ramona, medio dormida, se dio cuenta vagamente de que su familia estaba procurando hacer el menor ruido posible para no molestarla. En algún rincón diminuto de su mente se alegró de ello. Oyó los sonidos típicos del desayuno y luego debió quedarse completamente dormida, porque cuando despertó, la casa estaba en silencio. ¿Se habían marchado todos y la habían dejado sola? No; oyó a alguien moviéndose en la cocina. Seguro que la abuela de Howie había venido a quedarse con ella.

Se le nubló la vista al llenársele los ojos de lágrimas. Su familia la había abandonado

cuando estaba enferma. Parpadeó y descubrió, encima de la mesita de noche, un dibujo
que había hecho su padre para ella. Se veía a
Ramona apoyada en un árbol y el auto de los
Quimby junto a otro árbol. Había dibujado a
Ramona con el ceño fruncido y con la boca
curvada hacia abajo. El auto tenía los faros
inclinados y el parachoques curvado hacia

abajo. Los dos tenían aspecto de estar enfermos. Ramona se dio cuenta de que aún sabía sonreír. También descubrió que tenía un calor pegajoso, no un calor seco. Intentó sentarse en la cama, pero se dejó caer hacia atrás. Sentarse requería demasiado esfuerzo. Le hubiera gustado que su madre estuviera allí, con ella, y de repente, como si se le hubiera cumplido un deseo, su madre entró en la habitación con una tina llena de agua y una toalla.

—¡Mamá! —carraspeó Ramona—. ¿Por qué no has ido a trabajar?

—Porque me he quedado en casa para cuidarte —contestó la señora Quimby, mientras le lavaba la cara y las manos cuidadosamente—. ¿Te sientes mejor?

—Un poco —dijo Ramona, que se sentía mejor en parte, aunque estaba sudorosa, débil y preocupada—. ¿Te van a echar del trabajo? —preguntó, acordándose de la época en que su padre se había quedado sin empleo.

—No. La recepcionista anterior, que está jubilada, me va a sustituir durante unos días— dijo la señora Quimby, mientras lavaba a Ramona con una esponja y le ponía un pijama limpio—. Ya está —dijo—. ¿Te apetece un té con tostadas?

—¿Un té, como si fuera mayor? —preguntó Ramona, aliviada al oír que su madre tenía el empleo asegurado, porque así su padre podía seguir estudiando.

—Como si fueras mayor —dijo su madre, poniendo otra almohada detrás de la espalda de Ramona para que pudiera sentarse.

Luego, tardó muy poco en aparecer con una bandeja en la que había un trozo de pan tostado y un té muy claro.

Después de mordisquear y beber, Ramona se quedó cansada y triste.

—Anímate —dijo la señora Quimby cuando vino a llevarse la bandeja—. Te ha bajado la fiebre y te vas a poner bien en seguida.

Era verdad que se encontraba un poco mejor. Su madre tenía razón. No había vomitado a propósito. No era la primera vez que ocurría una cosa así. Se acordó de que había un niño en *kinder* y una niña en primero . . .

Ramona se quedó dormida y al despertar, empezó a aburrirse y a ponerse caprichosa. Quería tomar la tostada con mantequilla y puso mala cara cuando su madre le dijo que las personas que están mal del estómago no deben tomar mantequilla.

La señora Quimby sonrió y dijo:

—Se nota que ya estás mejor, porque te portas como un tigre herido.

Ramona hizo una mueca.

—No me porto como un tigre herido —informó a su madre.

Cuando la señora Quimby le hizo la cama en el sofá del salón para que pudiera ver la televisión, se enfadó con el aparato, porque los programas que ponían durante el día le parecieron aburridos y tontos. Los anuncios eran mucho más interesantes que los programas. Se echó hacia atrás, pensando que ojalá pusieran un anuncio de comida para gatos, porque los gatos que salían eran muy bonitos. Mientras esperaba, se puso a darle vueltas al tema de su maestra.

"Está claro que no he vomitado a propósito —se dijo a sí misma—. No entiendo cómo la señora Ballenay no se ha dado cuenta. Y además, en el fondo, soy una buena persona. No entiendo cómo la señora Ballenay tampoco se ha dado cuenta de eso".

—¿Quién paga a los maestros? —preguntó Ramona de repente, al entrar su madre en la habitación.

—Pues, todos nosotros —dijo su madre, sorprendida ante la pregunta—. Pagamos impuestos y los sueldos de los maestros salen de los impuestos.

Ramona sabía que los impuestos era algo malo que hacía preocuparse a los padres.

—Deberían dejar de pagar impuestos —informó Ramona a su madre.

La señora Quimby sonrió.

—Nos encantaría . . . por lo menos, hasta que terminemos de pagar la habitación que hemos añadido a la casa. Pero, ¿cómo se te ha ocurrido esa idea?

—La señora Ballenay me tiene manía— contestó Ramona—. Tendría que tratarme bien. Es parte de su trabajo.

Lo único que dijo la señora Quimby fue:

—Si estás así de quejosa, en la escuela puede que tratarte bien no sea tan fácil.

Ramona se indignó. Se suponía que su madre tenía que compadecer a su pobre niñita enferma.

Tiquismiquis entró en el salón y miró a Ramona fijamente, como si le pareciera extraño ver a Ramona en el sofá. Dio un salto artrítico, se subió encima de la manta, se lamió desde las orejas hasta la punta del rabo, aplastó la manta y, ronroneando, se instaló junto a Ramona, que se quedó muy quieta para que el gato no se marchara. Al ver que se había dormido, Ramona le acarició suavemente. *Tiquismiquis* no solía acercarse a ella, porque era demasiado revoltosa, según decía su madre.

En la pantalla de televisión apareció un hombre muy gracioso. Se había comido una *pizza* y tenía una indigestión. Se quejaba: "Es

145

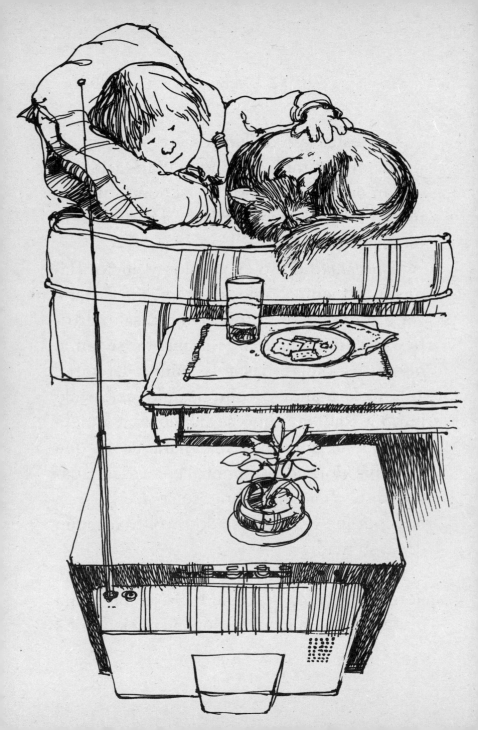

increíble que me la haya comido entera". Ramona sonrió.

En el anuncio siguiente salía un gato andando hacia delante y hacia atrás, como si estuviera bailando.

—¿Tú crees que podemos enseñar a *Tiquismiquis* a hacer eso? —preguntó Ramona a su madre.

A la señora Quimby le hizo gracia imaginarse a *Tiquismiquis*, que ya estaba bastante viejo, bailando.

—No creo —dijo—. Además, ese gato no baila de verdad. Pasan la película hacia delante y hacia atrás para que parezca que baila.

¡Qué desilusión! Ramona cerró los ojos mientras aparecía otro anuncio de comida para gatos. Los abrió en el momento en que un enorme gato blanco despreciaba varias marcas de comida hasta que se ponía a comer unas galletas silenciosamente. "Qué raro", pensó Ramona. Cuando *Tiquismiquis* comía galletas de ésas, al masticarlas hacía tanto ruido que se le oía desde cualquier habitación de la casa, pero los gatos que salían en los anuncios siempre comían en silencio. Los anuncios mentían. Ni más, ni menos. Ramona se indignó con los anuncios de comida para gatos. ¡Tramposos! Se indignó con el mundo entero.

A última hora de la tarde, Ramona se despertó al oír el timbre. ¿Sería alguien interesante? Ojalá, porque estaba aburrida. Era Sara.

Ramona se echó hacia atrás, intentando ponerse más pálida y débil de lo que estaba, mientras su madre decía:

—Hola, Sara. Me alegro de verte, pero creo que es mejor que no entres en casa hasta que Ramona se haya puesto bien del todo.

—Ya —dijo Sara—. Sólo he venido a traer unas cartas que han escrito los de la clase para Ramona y un libro que le manda la señora Ballenay para que lo lea.

—Hola, Sara —dijo Ramona con la sonrisa más débil que pudo conseguir.

—La señora Ballenay me ha dicho que te diga que este libro no es de los de TAL. Tienes que hacer un informe —explicó Sara desde la puerta.

Ramona soltó un quejido.

—Me ha dicho que te diga —continuó Sara— que quiere que hablemos del libro en clase como si quisiéramos venderlo. No quiere que le contemos el argumento entero. Dice que se sabe los argumentos de los libros de la biblioteca de memoria.

Ramona empezó a encontrarse peor. Aparte de tener que hacer un informe sobre el libro, iba a tener que escuchar los veinticinco informes del resto de la clase, lo cual era otro motivo para quedarse en casa.

Al marcharse Sara, Ramona examinó el sobre enorme que había traído. La señora Ballenay había escrito el nombre de Ramona con una letra "Q" en cursiva y debajo, en letras grandes: "¡Vuelve pronto!", seguido de un dibujo de una ballena y una "y".

"Seguro que no lo dice en serio", pensó Ramona. Abrió el sobre que contenía las primeras cartas que le habían escrito en su vida.

—Mamá, ¡las han escrito en cursiva!— gritó, encantada.

Aunque todas las cartas decían más o menos lo mismo —sentimos que te hayas puesto enferma y esperamos que se te pase pronto—, Ramona se puso contenta. Sabía que su maestra los había mandado a escribir-

las para que aprendieran a escribir cartas,
aparte de practicar su caligrafía, pero no le
importaba.

Había una carta que era distinta. El macaco había escrito: "Querida superpiés, ponte

bien pronto o me voy a comer tu goma de borrar". Ramona sonrió, porque en la carta se notaba que la echaba un poco de menos. Estaba deseando que volviera su padre y su hermana para alardear de las cartas que había recibido.

Ramona esperaba pacientemente. Le aburría ver la televisión y se sentía incómoda de estar en la misma postura para no molestar a *Tiquismiquis*. Que pena les iba a dar verla tan pálida y tan delgada. Seguro que su padre le traía algún regalito, algo para entretenerse mientras estaba en la cama. ¿Un libro, ahora que ya leía libros con capítulos? ¿*Crayolas* para dibujar? Su padre sabía lo importante que es tener unas *crayolas* afiladas para poder dibujar bien.

Beezus llegó primero, con una pila de libros que dejó caer en un sillón.

—¡Tareas! —dijo, soltando un gruñido.

Ahora que estaba en la escuela intermedia, siempre estaba hablando de la cantidad de tareas que tenía que hacer, como si Ramona no hiciera nada en la escuela.

—¿Qué tal estás? —dijo, por fin.

—Mal —dijo Ramona con una voz muy débil—, pero me han escrito todos los de mi clase.

Beezus echó un vistazo al montón de cartas.

—Lo han copiado de la pizarra —dijo.

—Escribir una carta entera en letra cursiva no es tan fácil para muchos de los que están en tercero —dijo Ramona, dolida al ver cómo Beezus despreciaba sus cartas.

Dio un empujón a *Tiquismiquis* para poder estirar las piernas. La televisión seguía con su sonido zumbón.

—¿Qué le habrá pasado a papá? —comentó la señora Quimby, mirando por la ventana.

Ramona sabía por qué su padre se estaba retrasando, pero no dijo nada. Estaba comprándole un regalito por estar enferma. Qué ganas tenía de ver lo que era.

—Nos han mandado a hacer un informe de un libro —dijo a Beezus para que se enterara de que ella también tenía tarea—. Tenemos que hacer que vendemos un libro.

—Eso lo he hecho yo un par de veces —dijo Beezus—. La maestra siempre dice que no hay que contar el argumento entero y la mitad de los niños acaban diciendo: "Si quieren saber lo que pasa después, lean el libro", y siempre hay alguien que dice: "Lean el libro si no quieren que les dé un puñetazo en la nariz".

Ramona sabía muy bien quién iba a decir algo así en su clase. El macaco, por supuesto.

—Aquí está —dijo la señora Quimby, apresurándose a abrir la puerta al padre de Ramona, que dio un beso a su mujer al entrar.

—¿Dónde está el auto? —preguntó ella.

—Malas noticias —dijo el señor Quimby, con voz de cansado—. Hay que cambiarle la caja de cambios.

—¡Vaya! —dijo la señora Quimby, sorprendida—. ¿Y cuánto va a costar?

El señor Quimby dijo con aspecto grave:

—Mucho. No tenemos dinero para pagarlo.

—Vamos a tener que pagarlo como sea— dijo la señora Quimby—. No podemos quedarnos sin auto.

—Me han dicho que me dejan pagarlo a plazos —explicó él— y voy a trabajar alguna hora más como ayudante de Papá Noel, en el almacén.

—Ojalá hubiera alguna otra solución . . .

—dijo la señora Quimby, dirigiéndose a la cocina a preparar la cena, con un aspecto muy triste.

Fue entonces cuando el señor Quimby prestó atención a Ramona.

—¿Cómo estás, cielo? —preguntó.

—Mal —dijo Ramona, olvidándose de poner cara de enferma, porque le daba rabia que su padre no le hubiera traído un regalo.

—Anímate —dijo el señor Quimby, sonriendo a medias—. Por lo menos, no necesitas unos cilindros nuevos y mañana te encontrarás mejor.

—¿Para qué sirve la caja de cambios? —preguntó Ramona.

—Para hacer que el auto ande —explicó su padre.

—Ah —dijo Ramona. Luego, para demostrar a su padre que ella también tenía problemas, añadió—: Tengo que hacer un informe sobre un libro para el colegio.

—Pues escribe algo interesante —dijo el señor Quimby mientras iba a lavarse las manos para cenar.

Ramona sabía que su padre estaba preocupado, pero no pudo evitar pensar que podía haber compadecido un poco más a su hija pequeña. Parecía que quería más al auto que a ella. Se echó sobre la almohada, sintiéndose verdaderamente débil, harta de la televisión y lamentando que su padre tuviera que trabajar más horas en el almacén de congelados, donde a pesar de ponerse muchos pares de calcetines, siempre tenía los pies fríos y a veces tenía que salir fuera para recuperar el color en las mejillas.

Cuando su madre, después de haber puesto la cena al resto de la familia, dijo que había llegado el momento de que Ramona se metiera en la cama y ella le llevaría la cena en una bandeja, Ramona no protestó. Era agradable saber que su madre no la consideraba una fastidiosa.

EL INFORME DE RAMONA

En la familia Quimby, todo eran preocupaciones. Los padres estaban preocupados porque tenían que arreglarse sin el auto mientras le cambiaban la caja de cambios y lo peor de todo era que había que pagar el arreglo. Beezus estaba preocupada porque la habían invitado a una fiesta a la que iban chicos. Temía que acabaran bailando y le daba vergüenza bailar. Además, los chicos de su edad, según ella, se ponían tontos en las fiestas. Ramona, que aún no estaba bien del todo, estuvo un día más metida en casa, dando vueltas y preocupándose por su informe. Si lo hacía interesante, la señora Ballenay iba a pensar que quería llamar la atención. Si no lo hacía interesante, no le iba a gustar.

Para colmo, Beezus, al pasar por el comedor aquella noche, miró por casualidad la cabeza de su padre, que estaba inclinado sobre sus libros.

—¡Papá, se te está cayendo el pelo! —gritó horrorizada.

Ramona se acercó corriendo.

—No es para tanto —dijo, porque no quería que su padre se preocupara—. Aún no estás calvo.

La señora Quimby también inspeccionó la coronilla de su marido.

—Es verdad que se te ha caído algo de pelo —dijo, dándole un beso en la zona de la que hablaban—. No te preocupes. Yo me descubrí una cana la semana pasada.

—¿Qué es esto? ¿Un seminario sobre mi pelo? —preguntó el señor Quimby, cogiendo a su mujer por la cintura—. Tranquila. Te querré igual cuando estés vieja y con el pelo gris.

—Muchas gracias —dijo la señora Quimby, horrorizada de imaginarse a sí misma como una viejecita con el pelo gris.

Los dos soltaron una carcajada. El señor Quimby soltó a su mujer y le dio una palmadita cariñosa en el trasero, lo cual divirtió y asombró a sus hijas.

Ramona se quedó algo confusa tras esta conversación. No quería que a su padre se le cayera el pelo, ni que a su madre se le pusiera gris. Quería que sus padres se quedaran exactamente igual que estaban ahora. Pero le había gustado mucho verles tan cariñosos uno con el otro. Sabía que su padre y su madre se querían, pero a veces, cuando estaban cansados y tenían prisa, o cuando tenían conversaciones largas y serias después de que las niñas se hubieran metido en la cama, ella se preocupaba, porque conocía a algunos niños cuyos padres habían dejado de quererse. Pero, en cuanto a los suyos, ahora sabía que no había ningún problema.

De repente, Ramona se puso tan contenta que ya no le parecía difícil hacer el informe sobre el libro. Pero tenía que conseguir que fuera interesante.

El libro, *El gato abandonado*, que la señora Ballenay había mandado a Ramona para que lo leyera e hiciera un informe, estaba dividido en capítulos, pero estaba escrito como si fuera para un niño pequeño. Era la historia de un gato abandonado por una familia al mudarse de casa y contaba sus aventuras con un perro, otro gato y unos niños. El gato acababa viviendo en casa de un par de viejecitos muy simpáticos que le daban un tazón de crema y le ponían de nombre *Copo de Nieve*, porque tenía una pata blanca.

"Bastante aburrido", pensó Ramona. No estaba mal para leer en el autobús, pero no era suficientemente bueno para la lectura silenciosa prolongada. Además, la crema es demasiado cara para dársela a un gato. "Como mucho, los viejecitos le darían mitad crema, mitad leche", pensó. Ramona pretendía que los libros, y las personas, por supuesto, hablaran con propiedad.

—Papá, ¿qué se hace para vender una cosa? —dijo Ramona, interrumpiendo a su padre, que estaba estudiando, aunque sabía muy bien que no debía molestarlo.

El señor Quimby no levantó la vista del libro.

—Parece mentira que no lo sepas, con la cantidad de anuncios que ponen en la tele . . .

Ramona se quedó pensando. Siempre había considerado los anuncios como algo divertido, pero ahora empezó a acordarse de los que más le gustaban: los gatos que bailaban hacia delante y hacia atrás; el perro que apartaba la marca X de comida con una pata; el hombre que se comía una *pizza*, tenía una indigestión, se quejaba y decía que era increíble habérsela comido entera; los seis caballos que atravesaban desiertos y montañas, tirando de una diligencia.

—¿Tú crees que se puede hacer un informe como si fuera un anuncio de la tele? —preguntó Ramona.

—¿Por qué no? —contestó el señor Quimby distraído.

—No quiero que mi maestra diga que soy una fastidiosa —dijo Ramona, que necesitaba que alguna persona mayor le devolviera la confianza en sí misma.

Esta vez, el señor Quimby levantó la mirada de su libro.

—Vamos a ver —dijo—. Te ha pedido que te imagines que vendes un libro. Así que, véndelo. Los anuncios de la tele sirven para vender, ¿no? No puedes ser una fastidiosa si haces lo que te ha pedido la maestra —dijo. Se detuvo, miró a Ramona y añadió—: ¿Por qué te preocupa que diga que eres una fastidiosa?

Ramona miró fijamente la alfombra, movió los dedos de los pies dentro de los zapatos y por fin, dijo:

—El primer día de escuela, me crujían los zapatos.

—Eso no es ser una fastidiosa —dijo el señor Quimby.

—Y cuando se me llenó el pelo de huevo, la señora Ballenay dijo que yo era una fastidiosa —confesó Ramona—. Y luego, vomité en el colegio.

—Pero todo eso no lo has hecho a propósito —le dijo su padre—. Y ahora, déjame estudiar, anda.

Ramona dio vueltas a la contestación de su padre y decidió que como su madre también había dicho que ella no lo había hecho a propósito, debía ser verdad. Bueno, pues por ella, que la señora Ballenay se tirara a un río, aunque ella le había escrito, sin derrochar palabras, que la echaba de menos. Ramona iba a hacer el informe como le apeteciera. La señora Ballenay, que se fastidiara.

Fue a su habitación, se quedó mirando su mesa, "el estudio de Ramona", como lo llamaban los demás de la familia, porque estaba abarrotada de *crayolas* para dibujar, papel de diferentes tipos, cinta adhesiva, hilo de tejer y toda una serie de cachivaches que había ido reuniendo. Pensó durante unos minutos y, de repente, llena de inspiración, puso manos a la obra. Sabía perfectamente lo que quería hacer y cómo quería hacerlo. Usó papel, *crayolas,* cinta adhesiva y gomas elásticas. Se puso a trabajar tan intensamente y se estaba divirtiendo tanto, que se le enrojecieron las mejillas. No hay nada mejor en el mundo entero que ponerse a hacer algo partiendo de una idea repentina.

Finalmente, soltando un suspiro de alivio, Ramona se echó hacia atrás en la silla y contempló su labor: tres caretas de gato, con agujeros para los ojos y la boca, y con gomas para atárselas detrás de las orejas. Pero Ramona no se detuvo ahí. Cogió papel y lápiz, y se puso a escribir lo que iba a decir. Se le ocurrieron tantas ideas que usó letra de imprenta, porque con letra cursiva iba a perder

más tiempo. Luego llamó por teléfono a Sara
y Janet y les explicó su plan, hablando en voz
baja e intentando no reírse para no molestar
mucho a su padre. Sus amigas se rieron y
aceptaron participar en el informe. Ramona
pasó el resto de la tarde aprendiendo de memoria lo que iba a decir.

A la mañana siguiente, nadie, ni en el autobús, ni en la escuela, sacó el tema de que
Ramona había vomitado. Estaba convencida

de que el macaco iba a hacer algún comentario, pero lo único que dijo fue:

—Hola, superpiés.

Al empezar la clase, Ramona dio las caretas a Sara y a Janet, entregó una justificación de su ausencia a la señora Ballenay y esperó a que empezaran con los informes, abanicándose para apartar las moscas que se habían escapado de los botes de copos de avena.

Cuando terminaron los ejercicios de matemáticas, la señora Ballenay pidió a varios niños que se pusieran de pie, frente a la clase para hacer que estaban vendiendo libros a los alumnos. La mayoría de los informes empezaban con la frase: "Este libro trata sobre . . ." y muchos, como había dicho Beezus, acababan diciendo: . . . "si quieren saber lo que pasa luego, lean el libro".

Entonces la señora Ballenay dijo:

—Tenemos tiempo para oír un informe más antes de irnos a comer. ¿Quién quiere hacerlo?

Ramona levantó la mano y la señora Ballenay asintió con la cabeza.

Ramona hizo un gesto a Sara y Janet, que soltaron una risita avergonzada, pero se unieron a ella, colocándose detrás de ella. Las tres niñas se pusieron sus caretas de gato y volvieron a soltar una risita. Ramona respiró con fuerza mientras Sara y Janet, bailando hacia delante y hacia atrás, como en el anuncio de comida para gatos que habían visto en la televisión, empezaron a cantar:

—Miau, miau, miau, miau. Miau, miau, miau, miau.

—*El gato abandonado* consigue que los niños sonrían —dijo Ramona con voz clara mientras su coro maullaba suavemente tras ella.

No estaba segura de que fuera verdad lo que acababa de decir, pero los anuncios en los que salían gatos comiendo galletas sin hacer ruido tampoco eran verdaderos.

—Los niños que han leído *El gato abandonado* son todo sonrisas, sonrisas, sonrisas. Todos los niños piden *El gato abandonado*. Pueden leerlo todos los días y seguir disfrutando de él. Los niños más felices son los que leen *El gato abandonado. El gato abandonado* contiene gatos, perros, personas . . . —En ese momento, Ramona vio al macaco echado hacia atrás en su silla, sonriendo de esa manera que la ponía tan nerviosa. No pudo contenerse y soltó una risita. Después de lograr dominarse procuró no mirar al macaco y siguió hablando—: . . . gatos, perros, personas . . . —Le volvió a entrar la risa y se perdió. No lograba acordarse de lo que venía después. Repitió—: . . . gatos, perros, personas . . . —e intentó volver a empezar, sin conseguirlo.

La señora Ballenay y el resto de la clase esperaban atentos. El macaco seguía sonriendo. El coro, leal a Ramona, seguía maullando y bailando. Pero no podían estar así toda la mañana. Ramona tenía que decir algo, cualquier cosa, para acabar con la espera, los maullidos y el informe. Intentó desesperadamente acordarse de algún anuncio de comida para gatos, cualquiera en el que saliera un gato, pero no podía. Sólo se acordaba del señor que acababa de comerse una *pizza*, así que soltó la primera frase que se le ocurrió:

—¡Es increíble que me la haya comido entera!

La carcajada de la señora Ballenay se oyó

por encima de la del resto de la clase. Ramona notó que se había puesto roja por debajo de la careta y las orejas, que estaban descubiertas, también se le pusieron rojas.

—Gracias, Ramona —dijo la señora Ballenay—. Ha sido muy entretenido. Bueno, pueden salir a comer.

Al tener la cara tapada por la careta, Ramona se sintió valiente.

—Señora Ballenay —dijo mientras los de su clase separaban las sillas de los pupitres y cogían su comida—, el final de mi informe no era así.

—¿Te ha gustado el libro? —preguntó la señora Ballenay.

—No mucho —confesó Ramona.

—Entonces, creo que ha sido un buen final para tu informe —dijo la maestra—. Pedirles que intenten vender libros que no les gustan es una tontería, ahora que lo pienso. Lo he hecho para variar un poco, para que no tuvieran que hacer el resumen de siempre.

Animándose al oír esta confesión y aún protegida por su careta, Ramona se atrevió a sacar el tema.

—Señora Ballenay —dijo, notando que el corazón le latía con fuerza—, usted dijo a la señora Larson que soy una fastidiosa, y no estoy de acuerdo.

La señora Ballenay se quedó sorprendida

—¿Cuándo dije eso? —preguntó.

—El día que me llené el pelo de huevo— dijo Ramona—. Me llamó "graciosita" y dijo que soy una fastidiosa.

La señora Ballenay hizo memoria.

—Pues . . . recuerdo haber dicho algo de la graciosita de mi clase, pero lo dije cariñosamente y estoy segura de que nunca te he llamado "fastidiosa".

—Sí —insistió Ramona—. Me llamó "graciosita" y luego dijo: "Qué fastidiosa."

Ramona nunca olvidaría aquella frase.

La señora Ballenay dejó de preocuparse y sonrió aliviada.

—Ay, Ramona, lo has entendido mal—dijo—. Yo me refería a que tener que lavarte la cabeza llena de huevo era un fastidio para la señora Larson. No quería decir que tú fueras una fastidiosa.

Ramona se sintió algo mejor, lo suficiente como para salir de debajo de la careta y decir:

—No me estaba haciendo la graciosa. Sólo quería romper la cáscara del huevo con la cabeza, como todos los demás.

La señora Ballenay sonrió con malicia.

—A ver, Ramona —dijo—. ¿Tú nunca tratas de llamar la atención?

Ramona se sintió avergonzada.

—Pues . . . puede que . . . a veces . . . un poco —admitió. Luego, añadió con mucha seguridad—: Pero ese día no. ¿Cómo iba a llamar la atención si estaba haciendo lo mismo que todos los demás?

—Me has convencido —dijo la señora Ballenay con una gran sonrisa—. Y ahora, vete a comer, anda.

Ramona cogió su comida y bajó las escaleras a saltos hasta llegar a la cafetería. Iba riéndose sola, porque sabía exactamente lo que iban a decir los de su clase al acabar de comer. Lo sabía porque ella también pensaba decirlo: "¡Es increíble que me la haya comido entera!"

UN DOMINGO LLUVIOSO

Los domingos lluviosos del mes de noviembre
eran horribles, pero a Ramona le parecía que
aquella tarde de domingo era la peor de todas. Pegó la nariz al cristal de la ventana del
salón, viendo caer la lluvia incesante y las ra-
mas negras y desnudas que hacían agitarse
los cables eléctricos que había enfrente de la
casa. Incluso la comida (las sobras con las
que quería acabar la señora Quimby) había

sido triste, porque sus padres habían hablado muy poco y Beezus estaba de un mal humor bastante misterioso. Ramona estaba deseando que saliera el sol, que se secaran las aceras, que se pudiera salir a patinar y que los de su familia se pusieran contentos y sonrientes.

—Ramona, no has ordenado tu habitación este fin de semana —dijo la señora Quimby, que estaba sentada en el sofá revisando un montón de facturas—. Y no pegues la cara a la ventana, que se queda la marca.

A Ramona le dio la sensación de que todo lo que hacía estaba mal. Todos estaban de mal humor, incluso *Tiquismiquis*, que se había puesto a maullar delante de la puerta. Soltando un suspiro, la señora Quimby se levantó para dejarle salir. Beezus, llevando una toalla y un bote de champú en la mano, atravesó el salón dando grandes zancadas y entró en la cocina, donde se puso a lavarse el pelo. El señor Quimby, que estaba estudiando en la mesa del comedor, como de costumbre, escribía frenéticamente. La televisión estaba oscura y silenciosa, y, en la chimenea, un tronco sombrío se negaba a arder.

La señora Quimby se sentó y volvió a levantarse al oír que *Tiquismiquis*, empapado e indignado con el mundo exterior, aullaba para que le dejaran entrar.

—Ramona, ve a ordenar tu habitación— dijo su madre mientras dejaba entrar el gato y una ráfaga de aire frío en la habitación.

—Beezus tampoco ha ordenado la suya — dijo Ramona sin poder contenerse.

—No estamos hablando de Beezus —dijo la señora Quimby—. Estamos hablando de ti.

Ramona siguió con la cara pegada a la ventana. Ordenar su habitación le parecía aburridísimo, sobre todo en una tarde de lluvia como aquélla. Distraída, se puso a pensar en todas las cosas divertidas que le gustaría hacer—aprender a manejar un lazo, como los vaqueros, hacer música con un serrucho como los payasos, hacer piruetas en unas barras de gimnasia, mientras el público aplaude.

—¡Ramona, ve a ordenar tu habitación!— dijo la señora Quimby levantando la voz.

—Bueno, no hace falta que me grites — dijo Ramona.

Le daba rabia que su madre le hablara en ese tono. El tronco de la chimenea se movió, haciendo que saliera humo.

—Obedece y ya está —dijo la señora Quimby, enfadada—. Tu habitación es un auténtico desastre.

El señor Quimby tiró el lápiz encima de la mesa.

—Jovencita, haz caso a tu madre ahora

mismo. No tiene por qué decirte las cosas tres veces.

—Bueno, pero no hace falta que se pongan así —dijo Ramona al tiempo que pensaba: "Bla, bla, bla".

Sintiéndose muy desgraciada, Ramona fue a su habitación y sacó de debajo de la cama las calcetines sucios que se le habían acumulado durante una semana. De camino hacia el cesto de la ropa sucia que había en el cuarto de baño, miró por el pasillo y vio a su hermana de pie en el salón, secándose el pelo con una toalla.

—Mamá, eres mala —dijo Beezus desde debajo de la toalla.

Ramona se quedó escuchando.

—Me da igual ser mala o no —contestó la señora Quimby—. He dicho que no vas y no vas.

—Pero todas las demás van —protestó Beezus.

—Me da igual que las demás vayan —dijo la señora Quimby—. Tú no vas.

Ramona oyó el ruido de un lápiz dando un golpe en la mesa y a su padre que dijo:

—Tu madre tiene razón. Y ahora, si no les importa, me gustaría un poco de paz y tranquilidad para poder estudiar.

Indignada, Beezus pasó junto a Ramona, entró en su habitación y se encerró dando un portazo. Luego se oyeron sollozos, sollozos largos y enfurecidos.

"¿Dónde querrá ir?", se preguntó Ramona mientras metía el montón de calcetines en el cesto de la ropa sucia. Luego, como ya había ordenado su habitación, Ramona volvió al salón, donde *Tiquismiquis*, igual de enfadado y aburrido que el resto de la familia, estaba otra vez maullando delante de la puerta.

—¿Dónde quiere ir Beezus? —preguntó Ramona.

La señora Quimby abrió la puerta y al ver que *Tiquismiquis* dudaba, molesto por la ráfaga de viento helado que entraba desde fuera, le empujó suavemente con la punta del pie.

—Quiere quedarse a dormir en casa de Mary Jane con las de su clase.

Si hubiera sido el año pasado, Ramona hubiera dicho que le parecía muy bien que no la dejara ir, porque así su madre la querría más que a Beezus, pero este año sabía que a ella también le podía apetecer quedarse a dormir en casa de una amiga.

—¿Por qué no puede quedarse a dormir en casa de Mary Jane? —preguntó.

—Porque vuelve a casa agotada y de mal humor —contestó su madre, que se había quedado junto a la puerta, esperando.

El aullido de *Tiquismiquis* se mezcló con el ruido del viento, y cuando la señora Quimby abrió la puerta, volvió a entrar una ráfaga de aire frío.

—Teniendo en cuenta el precio del petróleo, es mejor no abrir mucho la puerta —comentó el señor Quimby.

—Si no dejo salir el gato, ¿te haces tú responsable de lo que pueda ocurrir? —preguntó la señora Quimby antes de terminar de responder a Ramona—: En esta familia hay cuatro personas y Beezus no tiene derecho a estropearnos el día porque haya estado despierta la mitad de la noche hablando de tonterías con las de su clase. Además, está en edad de crecer y necesita dormir bien.

Ramona estaba de acuerdo con su madre en que no había quien aguantara a Beezus después de una nochecita de ésas. Pero, por otra parte, quería ir preparando a su madre para cuando ella estuviera en la escuela intermedia.

—Puede que esta vez se duerman antes— sugirió.

—Ya lo creo —dijo su madre malhumorada—. Por cierto, Ramona, la señora Kemp no me lo ha dicho claramente, pero ha insinuado que te podías portar mejor con Willa Jean.

Ramona soltó un suspiro que pareció salirle de las suelas de los zapatos. En su habitación, Beezus, que había agotado las existencias de sollozos auténticos, estaba haciendo un gran esfuerzo para que le salieran sollozos falsos, porque quería que sus padres supieran que eran malos con ella.

La señora Quimby ignoró los suspiros y los sollozos y continuó hablando:

—Ramona, sabes muy bien que tu deber en esta familia es llevarte bien con los Kemp. No es la primera vez que te lo digo.

¿Cómo iba Ramona a explicar a su madre que Willa Jean se había dado cuenta de que la lectura silenciosa prolongada consistía simplemente en leer un libro? Durante una temporada, Willa Jean se había empeñado en que Ramona le leyera en voz alta los libros abu-

rridos que había en casa de los Kemp, los típicos libros que regalan a los niños las
personas que no entienden nada de niños.
Escuchó varios libros y acabó aburriéndose.
Ahora insistía en jugar a las peluqueras. Ramona no quería que Willa Jean le pintara las
uñas y sabía que si manchaban algo le iban a
echar la culpa a ella. Se suponía que la señora
Kemp tenía que hacerse cargo de Ramona,
pero resultaba que Ramona había acabado
haciéndose cargo de Willa Jean.

Ramona bajó la vista, volvió a suspirar y
dijo:

—De verdad que lo intento.

Se daba pena a sí misma. Nadie la comprendía ni la apoyaba. Nadie en el mundo
entero entendía lo difícil que era ir a casa de
los Kemp después de la escuela sin tener una
bicicleta.

La señora Quimby se ablandó un poco.

—Ya sé que no es fácil —dijo, sonriendo a medias—, pero tienes que intentarlo.

Cogió las facturas y la chequera y se fue a la cocina, donde se sentó y se puso a hacer cheques.

Ramona fue al comedor para ver si su padre la consolaba un poco. Apoyó la mejilla en la manga de la camisa a cuadros de su padre y preguntó:

—Papá, ¿qué estudias?

El señor Quimby volvió a tirar el lápiz encima de la mesa.

—Estoy estudiando el proceso cognoscitivo infantil.

Ramona levantó la cabeza para mirarle.

—¿Qué es eso? —preguntó.

—Se trata de intentar entender cómo piensan los niños —le explicó su padre.

A Ramona no le hizo ninguna gracia que estuviera estudiando esa asignatura.

—¿Para qué estudias eso? —preguntó indignada.

Hay cosas que son privadas y cómo piensan los niños es una de ellas. No le gustaba nada la idea de que los mayores intentaran averiguarlo, espiando y rebuscando en libros gordísimos.

—Eso me gustaría saber a mí —dijo el señor Quimby, muy serio—. ¿Qué hago yo estudiando esto cuando tengo montones de facturas que pagar?

—Pues no lo estudies —dijo Ramona—. No era asunto suyo, pero como no quería que su padre dejara la universidad y volviera a trabajar de cajero, añadió rápidamente—: Puedes estudiar otras cosas, como los insectos en la fruta.

El señor Quimby sonrió y acarició a Ramona en la cabeza.

—No te preocupes, no creo que nadie con-

siga averiguar cómo piensas tú —dijo, tranquilizando bastante a Ramona, que se convenció de que sus secretos seguían a salvo.

El señor Quimby se quedó absorto, mirando por la ventana y mordisqueando su bolígrafo. Beezus, que había decidido dejar de intentar llamar la atención lloriqueando, salió de su habitación con los ojos rojos y el pelo húmedo, dedicándose a pasear por la casa sin hablar con nadie.

Ramona se dejó caer en el sofá. Odiaba los domingos lluviosos, sobre todo éste, y estaba deseando que llegara el lunes, para poder escaparse a la escuela. Daba la sensación de que la casa había encogido y se había hecho demasiado pequeña para los Quimby y todos sus problemas. Intentó no pensar en las conversaciones que tenían sus padres cuando ellas ya estaban en la cama, conversaciones serias, de las que había oído lo suficiente como para saber que sus padres estaban preocupados por su futuro.

Ramona también tenía sus preocupaciones secretas. Le daba miedo que su padre se quedara encerrado en el almacén de congelados donde hacía tanto frío que a veces nevaba. ¿Y si a su padre le tocaba un pedido enorme y

los señores que tenían pedidos pequeños acababan antes que él, se marchaban y cerraban
la puerta sin querer? No podría salir y se con-
gelaría. Bueno, pero eso no iba a pasar. "Pero
puede pasar", insistía una vocecita que salía
de algún rincón de su cabeza. "No seas
tonta", dijo la vocecita. "Sí, pero . . . ", empezó la vocecita otra vez. Y a pesar de esta
preocupación, Ramona quería que su padre
siguiera trabajando para que pudiera seguir
en la universidad y acabar consiguiendo un
trabajo que le gustara.

Mientras Ramona daba vueltas a sus problemas, la casa se había quedado en silencio,
exceptuando el ruido de la lluvia y del bolígrafo con que escribía su padre. El tronco hu-
meante se movió dentro de la chimenea,
haciendo saltar unas chispas. Había empezado a anochecer y a Ramona le estaba entrando hambre, pero, por lo silenciosa que

estaba la cocina, no parecía que hubiera nadie preparando la cena.

De repente, el señor Quimby cerró su libro y tiró el bolígrafo con tanta fuerza que rebotó en la mesa y cayó al suelo. Ramona dio un respingo. ¿Qué habría pasado?

—Bueno, en marcha —dijo su padre—. Nos vamos. Se acabó el mal humor. Vamos a salir a cenar fuera y vamos a sonreír, por mucho que nos cueste. ¿Está claro?

Las niñas miraron primero a su padre y luego se miraron una a la otra. ¿Sería verdad? Llevaban meses sin salir fuera a cenar. ¿No decían que andaban mal de dinero?

—¿Vamos a comer hamburguesas? —preguntó Ramona.

—Muy bien —dijo el señor Quimby, que parecía estar de buen humor por primera vez en todo el día—. ¿Por qué no? Vamos a tirar la casa por la ventana.

La señora Quimby entró en el salón con un montón de sobres listos para el correo.

—Pero, Bob . . . —dijo.

—No te preocupes —dijo su marido—. Ya nos las arreglaremos. Durante la campaña de Navidad voy a estar más horas trabajando en el almacén y ganando más por hacer horas extras. No veo por qué no vamos a divertirnos de vez en cuando. Además, para comer hamburguesas no hay que ir a un restaurante de cuatro estrellas.

Ramona temía que su madre les diera un sermón sobre lo poco nutritivas que son las hamburguesas, pero no fue así. Todos olvidaron su tristeza y su mal humor. Se cambiaron de ropa, se peinaron, encerraron a *Tiquismiquis* en el sótano y se metieron en el auto, que funcionaba muy bien con la nueva caja de cambios. Al llegar al *burger* más cercano, descubrieron que no eran la única familia a la que se le había ocurrido salir de casa en aquel día lluvioso, porque estaba abarrotado y tuvieron que esperar a que les dieran una mesa.

Mientras esperaban, los mayores y Beezus lograron sentarse, pero Ramona, que era la que tenía las piernas más jóvenes, tuvo que quedarse de pie. Se entretuvo tocando los botones de la máquina de cigarrillos al son de la música que tocaban. Luego, se puso a bailar al ritmo de la canción y cuando acabó, hizo un giro y se encontró de bruces con un señor mayor que tenía el pelo gris y un bigote con las puntas vueltas hacia arriba. En cuanto a la ropa que llevaba—una camisa a flores, una chaqueta a rayas y unos pantalones de cuadros—, parecía que se había comprado cada cosa en una tienda diferente o en las liquidaciones, pero llevaba los pantalones bien planchados y los zapatos pulidos.

El señor, que iba muy tieso, hizo un saludo militar a Ramona y le dijo:

—Jovencita, ¿te has portado bien?

Ramona se quedó asombrada. Se dio cuenta de que se había puesto roja hasta la punta de las orejas. No sabía qué contestar. ¿Que si se había portado bien? Bueno... más o menos, pero ¿para qué quería saberlo? No era asunto suyo. No tenía derecho a preguntarle eso.

Miró a sus padres para que la ayudaran y descubrió que estaban muy sonrientes, esperando su respuesta. Y las otras personas que estaban esperando para sentarse también estaban pendientes de ella. Ramona frunció el ceño. No tenía por qué contestar si no quería.

La camarera salvó a Ramona de la situación al decir:

—Señor Quimby, mesa para cuatro.

Después guió a la familia hacia una mesa cuadrada, rodeada de un banco de plástico.

—¿Por qué no has contestado al señor?— preguntó Beezus, que estaba igual de divertida que los demás.

—Yo no hablo con desconocidos —contestó Ramona, muy digna.

—Pero estamos con papá y mamá —dijo su hermana con bastante mala idea.

—Acuérdense —dijo el señor Quimby mientras miraba el menú— de que vamos a divertirnos y sonreír, por mucho que nos cueste.

Ramona, indignada, cogió el menú. Puede que no se portara bien siempre, pero ese hombre no tenía ningún derecho a meterse en su vida. Al descubrir que estaba sentado, solo, en una mesa que había al otro lado del pasillo, le lanzó una mirada furibunda, a la que él contestó guiñando un ojo con cara divertida. Lo que faltaba. Ramona se enfureció aún más.

Al abrir el menú, hizo un descubrimiento importante. Ya no tenía que mirar los dibujos de las hamburguesas, las papas y el chile para decidir lo que quería comer. Ahora sabía leer. Estudió el menú detenidamente y al llegar al final leyó las palabras temidas: "Menú para niños menores de doce años". Luego, venía una lista de posibilidades: palitos de pescado, muslos de pollo, salchichas. A Ramona no le apetecía ninguna de esas cosas. Era la misma comida que había en la cafetería de la escuela.

—Papá —susurró Ramona—, ¿tengo que comer algo del menú para niños?

—Si no quieres, no —dijo su padre con una sonrisa comprensiva.

Ramona pidió lo más pequeño que encontró en el menú de los mayores.

En los *burger* sirven la comida muy deprisa, y a los pocos minutos la camarera trajo la cena de los Quimby: una hamburguesa con papas para Ramona, una hamburguesa con queso y papas para Beezus y su madre y una hamburguesa con chile para su padre.

Ramona mordió su hamburguesa. Qué buena. Caliente, blanda, jugosa, agridulce y bien sazonada. La salsa le chorreó por la barbilla. Se dio cuenta de que su madre iba a decirle algo, pero cambió de idea. Ramona se limpió la salsa con una servilleta de papel antes de que le llegara al cuello de la camisa. Las papas fritas, crujientes por fuera y blandas por dentro, le parecieron lo mejor del mundo entero.

La familia comió en un silencio muy agradable durante un tiempo, hasta que se les empezó a quitar un poco el hambre.

—Es verdad que viene bien cambiar de aires de vez en cuando —dijo la señora Quimby—. Nos hacía falta a todos.

—Sobre todo después de lo de . . . —Ramona iba a referirse al comportamiento de Beezus aquella tarde, pero acabó sonriendo y sentándose muy derecha en la silla.

—Pues yo no he sido la única que . . .

—Beezus también se detuvo en mitad de la frase y sonrió.

Sus padres, que se habían empezado a poner serios, también esbozaron una sonrisa. De repente, todos se relajaron y sonrieron.

Ramona vio que el señor mayor estaba comiendo un chuletón. Le hubiera gustado que su padre tuviera bastante dinero para que ellos también pudieran comer chuletones.

Aunque le estaba gustando mucho su hamburguesa, Ramona no logró terminársela. Era demasiado grande. Se alegró de que su madre no le dijera que comía con los ojos. Su padre, sin comentar que no se había terminado la hamburguesa, pidió para ella el mismo postre que para los demás: tarta de manzana con helado y salsa de canela caliente.

Ramona comió lo que pudo y después de contemplar cómo la salsa de canela iba derritiendo el helado, miró al señor mayor, que parecía discutir con la camarera. Ella parecía sorprendida y enfadada a la vez. La música, la conversación de los otros clientes y el ruido de platos y cubiertos hacían que fuera imposible oír la conversación. Ramona vio a la camarera hablando con su jefe, que la escuchó y asintió con la cabeza. Al principio, Ramona había pensado que el señor no debía tener bastante dinero para pagar el chuletón que se había comido. Pero no se trataba de eso, porque después de oír lo que decía la camarera, dejó una propina bajo el borde de

su plato y cogió la factura. Ante el asombro
y la vergüenza de Ramona, se levantó, le
guiñó un ojo y volvió a hacer un saludo militar. Luego se marchó. Ramona se quedó des-
concertada.

Se volvió hacia su familia, cuyas sonrisas
esta vez eran auténticas y no forzadas.

Dándose cuenta de ello, Ramona se atrevió a hacer la pregunta que le estaba dando vueltas en la cabeza:

—Papá, no vas a dejar de estudiar, ¿verdad?

El señor Quimby terminó de masticar la tarta de manzana que estaba comiendo antes de contestar:

—Ni hablar.

Ramona quería asegurarse.

—¿Y no vas a volver a trabajar de cajero y llegar a casa de mal humor? —preguntó.

—Bueno —dijo su padre—, no puedo prometerte que nunca vaya a volver a casa de mal humor, pero, si ocurre, te aseguro que no va a ser por haber estado de pie delante de una caja intentando acordarme de los cuarenta y dos cambios que ha habido en los precios mientras una fila de clientes, todos con prisa, esperan para pagar.

Ramona se quedó tranquila.

Cuando la camarera se acercó a los Quimby para ofrecer a los mayores una segunda taza de café, el señor Quimby dijo:

—La cuenta, por favor.

La camarera pareció avergonzarse.

—Es que . . . —se detuvo, indecisa—. Es la primera vez que ocurre algo así, pero resulta que su cena ya está pagada.

Los Quimby la miraron sorprendidos.

—Pero, ¿quién la ha pagado? —preguntó el señor Quimby.

—Un caballero que se ha marchado hace un ratito —contestó la camarera.

—Debe ser ese señor que estaba al otro lado del pasillo —dijo la señora Quimby—. Pero, ¿por qué nos habrá invitado? No le conocemos de nada.

La camarera sonrió.

—Me ha dicho que los quería invitar porque son una familia muy simpática y porque echa de menos a sus hijos y a sus nietos.

Después de esta explicación, se dio la vuelta y desapareció, cafetera en mano, dejando a los Quimby anonadados, sin saber qué decir. ¿Una familia muy simpática? ¿Después de cómo se habían comportado todos aquel domingo?

—Un desconocido misterioso, como en los libros —dijo Beezus—. Yo creía que no existían de verdad.

—Pobre hombre, debe estar muy solo—dijo la señora Quimby mientras el señor Quimby metía una propina debajo del borde de su plato.

Aún bajo el impacto de la sorpresa, los Quimby se pusieron sus abrigos en silencio y atravesaron el estacionamiento encharcado hasta llegar al auto, que se puso en marcha a la primera y salió marcha atrás obedientemente. Mientras el parabrisas empezaba a moverse rítmicamente, la familia continuó en silencio, pensando en los acontecimientos del día.

—¿Saben una cosa? —dijo la señora Quimby pensativamente, mientras el auto salía del estacionamiento y bajaba por la calle—. Estoy de acuerdo con él. Somos una familia simpática.

—A veces —dijo Ramona, tan precisa como siempre.

—No hay nadie que sea simpático en todo momento —dijo su padre—. Y si lo hay, debe ser un aburrimiento.

—Ni siquiera sus padres son simpáticos siempre —añadió la señora Quimby.

Ramona estaba de acuerdo con ella, pero le sorprendió que lo admitiera. En cuanto a ella misma, Ramona estaba convencida de que, por dentro, era simpática siempre, pero, a veces, por fuera, su simpatía se le congelaba un poco. En esos momentos la gente no se daba cuenta de lo simpática que era en realidad. Quizá era porque al resto de la gente también se le congelaba la simpatía.

—Todos tenemos nuestros más y nuestros menos —dijo la señora Quimby—, pero procuramos llevarnos bien y salir adelante.

—Somos mejores que algunas familias que yo conozco —dijo Beezus—. Hay familias que ni siquiera cenan juntas—después de unos segundos, acabó confesando—: La verdad es que no me gusta mucho lo de dormir en un saco tirada en el suelo.

—Ya lo sabía —dijo la señora Quimby, echando el brazo hacia atrás y dándole una palmadita en la rodilla—. Por eso he dicho que no te dejaba ir. En realidad, no te gusta, pero no querías admitirlo.

Ramona empezó a sentirse muy a gusto dentro de su abrigo, con el calor de la calefacción y rodeada de una familia tan simpática. Formaba parte de una familia unida y ya era lo bastante mayor como para que pudieran contar con ella, de manera que ella po-

día dejar de preocuparse—o intentar dejar de preocuparse—de muchas cosas. A Willa Jean ... a partir de ahora iba a leerle en voz alta sus libros de lectura silenciosa prolongada, porque Willa Jean era suficientemente mayor como para entender la mayoría de ellos. Eso la mantendría tranquila durante una temporada. La señora Ballenay ... tenía cosas buenas y cosas malas. Ramona podía ir tirando.

—Lo del señor ese que nos ha pagado la cena ha sido como una especie de final feliz— comentó Beezus, mientras los Quimby, felices en su auto, atravesaban la lluvia y la oscuridad en dirección a su casa.

—Un final feliz por hoy —corrigió Ramona.

¿Quién sabía lo que podía ocurrir mañana?